Yoko Tawada

Ein Balkonplatz für flüchtige Abende

Yoko Tawada

Ein Balkonplatz für flüchtige Abende

konkursbuch
VERLAG CLAUDIA GEHRKE

1 Vorspiel

Die Nordsee hat Sehnsucht nach Tschechien,
streckt ihren blauen Arm ins Innere Europas.
Die Werft hämmert Null-Komma-drei
Sekunden hinter meinem Herzschlag.
Der nächste Krieg wird ständig
repariert, aber nicht vermieden.
Möwen fliegen über Tagespolitik
kreischend ohne Anteilnahme.
Wer schiebt die Schäfleinwolken
im kosmischen Abakus hin und her?
Die Sanierung des Himmels zieht sich in die
Länge.
Das größte Loch nennt man die Sonne.
Einmal am Tag schleicht sich eine böse
Stunde in die schönste Chaussee
der Welt.
Passanten werden aufgeräumt,
Gardinen am Fenster zugezogen,
alle Ampeln zwischen A und B,
zwischen Altona und Blankenese
bleiben aus.
Der Park des Donners stellt seinen
Kragen hoch,

während die Elbe sich zurückzieht.
Aus dem Rosenbusch spricht mich eine
Stimme an, männlich-heiser.
Hei, du da, kannst du dich
dort hinstellen und auf-
passen, damit niemand mich sieht? Ich
muss mal.
Was muss er?
Müssen ist ein Hilfsverb, dem kein Verb
zu helfen weiß.
Aufpassen? Damit keiner ihn sieht?
Ein Unsichtbarkeitsdienst?
Der Mann blinzelt nervös.
Verstehst du Deutsch? Ich muss
Wasser lassen.
Wasser gibt es schon genug, erwidere ich.
Im Wort erwidern sitzt ein er.
Dieses Mal war es aber nicht er, sondern ich.
Er mustert mich vom Haar bis zum
Schuh und sagt:
Ach, was! Ein Mädchen bist du! Das
hätte ich nicht gedacht. So ein Schei...!
Wörter zischen in seinem Mund,
der Schieber fährt die Hose hoch.
Der Vorhang zu und der Mann
ist wie vom Rosenbusch verschluckt.
Was wollte er von einem Knaben,
der nicht ich war?

2 Der erste Nachtgesang

Ich nenne sie Elbe
mit beweinten Hafenaugen.
Man soll keiner Frau einen Flussnamen geben.
Christiane oder Christina
sollte sie heißen, vielleicht Christa.
Ich nenne Elsa Elbe, wenn
der Hafen seine Leselampe anschaltet.
Beim *l* berührt die Zunge den gottlosen
Gaumen.
Die Nachbarn sollen nicht wissen,
dass wir gern kalt duschen.
Suzanne Valadon hat mich gemalt,
als ich im Duschbecken hockte.
In dem Bild tröstet Elsa meine
Haare von hinten. Auch sie ist unbekleidet,
denn wir sind die Badenden aus dem Jahr
1923.
Kein Handtuch zur Hand und
die Kunst bleibt feucht.
Wir stehen wie gemalt.
Als Postkarte könnte ich uns
wenigstens zurückkaufen.
Unbekleidet sitzt Elsa auf dem Balkon
und trocknet ihre Kopfgewächse.
Dreißig Jahre alt,

minderjährig im Herzen,
wenn sie zurücktritt in ein
kreideweißes Mädchen und
im Klassenzimmer hockt.
Zwölf Jahre alt damals in derselben
Stadt mit demselben Namen.
Neben ihr saß ein Junge mit
Sommersprossen, Christian.
Der Herr Musiklehrer zerrte ihn vom Stuhl,
stellte ihn neben den Klimperkasten.
Der kleine Sprössling, der Sträfling.
Aus dem Jungen soll ein Mann
werden. Singen Sie!
Im Namen der Musik wurde gedroht
und gedrillt
in Geh-Moll.
Als das Maschinengewehr schwieg,
wurde aus dem Offizier ein Musiklehrer.
Siegen Sie!
Christian, ein Kriegs-
dienstverweigerer wie sein Onkel,
biss seine Zähne zusammen.
Die gefangene Musik
mit gestreiften Noten.
Die Ohren werden immer
länger, in die Höhe der Kultur
gezogen
vom Lehrer persönlich.
Hasenohren hören besser.
Hören sie die Forelle plätschern?

Im Brunnen vor dem Tore?
Nein? Ein hoffnungsloser
Fall, ein Verfall.
Elsa war dran.
Ersticken, Husten, Verschlucken.
Jedes Lied ein Leid.
Bloßgestellt und ausgelacht,
dachte sie, dabei lachte
niemand in der Klasse.
Und jetzt alle zusammen!
Das Kommando roch nach Gurgelmittel.
Aus den jungen Fischmäulern fließen
Schubert-Schauder
und Schumann-Schreck.

Elsa summt auf ihrem Balkon.
Ein Fährmann im blau karierten
Hemd seufzt und bleibt stehen unter einer
Loreley, die sich an die
Elbe verirrt hat.
In einer einzigen Nacht
vergehen die Jahrzehnte.
An die Stelle der Musik tritt ein Mick
mit Preiselbeerlippen und dichten
Wimpern.
Auf der LP-Hülle öffnen sich
LSD-Blumen,
bunt, verzerrt, kurvenreich.
Die Schallplatte ist der schwarze Mond.
Elsa legt Mick platt und

nimmt den Arm der Bienenkönigin
der Sonnenanlage von Sony.
Die Spitze sticht.
Ein Elektroleck
oder eine E-Gitarre?
Seichte Wunden sitzen in tausend Rillen.
Schall, schnell, schellen, schrill.
Mick miaut,
die Raubkatze hat Kratzer auf den Wangen,
streckt seine Plastikzunge aus
unverschämt universal.
Unter der Nadel dreht sich der
Scheibengeist.
Wellenartig tröstet er
das Schulmädchen mit verletzter
Schleimhaut der Seele.
The Stones fallen ihr vom Herzen
und rollen den Hang hinunter
und mit ihnen die angebrannte Kindheit.

Elsa tanzt mit dem Kinn.
Der Vollmond hat sie nie verlassen
seit der Romantik, seit der Steinzeit
immer dieselbe, gelbe LP,
der Mond mit Akne-Kratern,
ist kein glatter Spiegel.
Die stumme Fischfrau kämmt ihre blond
gefärbte Legende.
Grüne Container werden gezogen
vom müden Mutterschiff in den Hafen.

Sein Kapitän heißt Jesus aus Jeju.
Der metallene Bauch ist bemalt mit Fern-
ost-
weh.
Ich höre im Wind das leise Summen
eines toten Ingenieurs.
Der Durchschnittsmensch Hans Castorp
ist auferstanden von einem
gut gefiederten Tod und baut seine
Arche Noah mit Koreanern.
Der Vollmond taucht ins schwarz-
ölige Wasser.
Woher kommt das Öl in den Fluss?
Wie oft ist ein Tanker im Weltmeer versunken?
Nicht oft genug, um den Umsatz zu kippen.

3 Männliche Melancholie

Ein moosgrüner Teich
trennt mich von zwei Männern.
Jupiter, zweimal zwanzig Jahre alt,
schiebt einen Kinderwagen.
Auf der Bühne gestern
war er der Königsstern.
Seinen Begleiter kenne ich nicht.
Ich gebe ihm den Namen Wermut.
Sein Alter schätze ich auf dreiunddreißig.
Ein Büschel Haare hängt ihm über die Augen.
Sie leuchten süchtig grün unter den
Wimpern, die schüchtern flattern.
Sein Hemd schimmert lilienweiß,
modisch geschnitten, gekauft im Tschibo.
Die federartige Wiege mit vier
Rädern schwebt über Ginster,
schaukelt den Schlaf einer Mango,
die der Schauspieler zeugte
mit der Tochter eines Bürgermeisters.
So das Gerücht.
Jeden Mittwoch passe ich
auf das Kleine auf,
sagt Jupiter,
setzt sich auf die Bank.

Wie ein Storch im offenen Feld
sieht sich Wermut ruhig um
mit gestrecktem Hals.
Ich ziehe den Kopf zurück.
Eine Stalkerin oder eine Störchin.
Im Theater durfte jeder auf Jupiter starren.
Warum nicht im botanischen Garten?
Jupiter und Wermut beugen ihre schweren
Köpfe über das Neugeborene.
Sie blinzeln synchronisiert,
als hätten sie gemeinsam das Kind gezeugt.
Das Baby schläft im Wort Babylon.
Der goldene Stern,
liest Wermut den Namen der Pflanze vor.
Du hast noch mehr Kinder: Wie
schaffst du alles so gelassen,
so fröhlich?
Es ist leichter getan als
gesagt. Mit den Kindern läuft die Zeit
von allein. Das Baby schläft
tief und lange, während andere Kinder
durch die Nächte stiefeln. Die Älteste
ist jetzt fünfzehn, hat schon wieder einen
neuen Freund. Ihre Haare fallen wie
Goldregen.
Spielt sie noch auf dem Steinway?
Ja, sie spielt noch, aber wo ihr Weg
hinführt, wissen wir nicht. Der Steinway
ist nur ein Weg
unter vielen. Das Erbe soll ihr keine

Last werden.
Nicht leicht, einen Dirigenten als
Großvater zu haben.
Und auch noch tot,
sonst könnte man ihn überholen.
Hauptsache spielt sie weiter Musik.
Ja, aber keinen Beethoven mehr. Neuerdings
Fusion. Ich sage
confusion und sie lächelt kalt. Sie ist
noch ein Kind, will jetzt schon eine Familie
gründen und verliebt sich in jeden Spargel,
der in ihren Augen einen guten Vater
verspricht. Wusstest du, dass das
Salomonssiegel zur Familie der
Spargelgewächse gehört?
Wo siehst du Salomon?
Da drüben.
Wermut zeigt in meine Richtung
und ich mache mich flach wie Farn.
Über mir die japanischen Kirschblüten.
Jupiter spricht anders, nicht so
lackiert wie auf der Bühne.
Ein Botaniker will jedes Kraut einer Familie
zuordnen, als würde es sonst
einsam und verwahrlost eingehen.
Die Wissenschaft ist ein Versuch, Einsamkeit
aus der Welt zu räumen.
Wer sagt das?
Ich. Die Pflanzennamen sind
wundervoll, nicht die lateinischen,

sondern die Trivialnamen.
Meine Tochter will einen Gatten und
eine Familie, ich aber möchte ein
Unikat sein, ohne Ähnlichkeit mit
einem Familienmitglied.
Das schaffst du hier nicht.
Hier? In Westdeutschland?
Nein, ich meine in Planten un
Blomen. Hier wächst zuerst die
Botanik, dann die Pflanzen.
Ich bin gern hier. Die Blumen spucken
keine Ratschläge. Zu Hause will jeder
jeden umerziehen. Auch meine Tochter
korrigiert alles an mir, zum Beispiel
mein Butterbrot:
Zu weiß das Brot,
zu dick die Butter,
zu trivial belegt.
Trivial ist ein schönes Wort.
Ja, ziemlich musikalisch:
Traviata, Tristan, Triste, Trieste,
nichts ist trivial, auch nicht mein
Gouda.
Ein Wind betritt unangekündigt
den Garten
kämmt durch den Dialog der zwei
Männer.
Jupiters Haare sind zerstreut,
der Wind ist seine beste Friseurin,
Wermut kämmt die Strähne

hoch von der Stirn und fragt:
Wie läuft es mit ihr?
Mit wem?
Mit deiner jetzigen.
Sie ist eine Pantoffel-
blume: reizend in der Stube, geht aber
nie aus mit mir. Auch ein Gastspiel lässt sie
kalt, sei es in Paris oder in
Paderborn. Sehen und gesehen werden
ist für sie eine Komödie. Ich möchte
meinen Beruf mit ihr teilen, denn sie hat
keinen. Ich möchte ihr Briefbeschwerer
sein, sonst fliegt sie weg wie ein
Blatt Papier. Sie soll besser mit-
kommen als am Küchentisch ein Dreh-
buch zu schreiben, das keiner drehen
wird. Sie denkt, ich treffe mich
mit der alten Puffbohne
heimlich in einem Minutenhotel.
Wer spielt schon gern in so einem
Drama.
Ein Stigma,
einmal gespielt, immer ein Spieler.
Triffst du dich heimlich mit Frauen von
früher?,
fragt Wermut besorgt.
Frühjahr? Nein, eine Pusteblume
gehört zum Herbst, ich orientiere mich in
Richtung Winter.
Wie geht es deinem Sohn?

Ein begabter Faulbaum, genau wie seine
Mutter.
Was macht er so?
Er studiert Linguistik in Helsinki.
Seine Faulheit hält sich dann in
Grenzen.
Du kennst ihn nicht. Linguistik ist
für ihn ein Computerspiel. Die Sprache
braucht keinen Mund eines
fleischechten Menschen.
Spielt er Finnougrisch?
Er forscht über Plattdeutsch, warum
auch immer. Und ich habe auch schon
viel von ihm gelernt. Fenchel heißt
Finnkohl auf Platt. Wusstest du das?
Nein.
Regionale Sprachen zu erforschen ist nicht
sexy, sagt mein Sohn.
Es ist viel besser als Modewissenschaft zu
treiben!
Du bist sauer, du Sauerampfer. Hat das
mit deiner Konferenz zu tun? Wie war sie?
Brillant, würde ich sagen, denn
das sagen sich alle gegenseitig
und bestätigen den Sinn ihres Treibens. Du
kannst in Komplimenten baden, wenn du
dazugehörst. Ich gehöre nicht dazu,
bin der alten Schule treu. Meine Worte
sind kantig und klassisch. Ich sage Montaigne
und schon prügeln sie

mich. Sie wollen kluge Essays schreiben,
frei von jedem Beleg auf dem Brot. Ihnen fehlen
Esprit und Muße. Die Leichtigkeit für mich
ist nicht erstrebenswert. Die hat schließlich
jede kleine Mücke. Nichts
anderes als Möchte-gern-Künstler,
diese Unwissenschaftler! Und welche,
die als Künstler auftreten, glauben,
den gleichen Beruf zu haben wie
Rembrandt. Zu allem Überfluss
gibt es auch noch Frauen. Sie sind zu
klug, um eine Quotenfrau
zu werden. Warum gibt es keine Quote
für mich?
Wermut merkt, seine Arie war zu lang,
hört abrupt auf und senkt seinen Blick.
Jupiter bastelt gelassen an seinem
Gegengesang:
Vergiss nicht, wo du herkommst! Nicht
nur wie Montaigne, sondern wie Roland
Barthes hast du geschrieben, als deine
Feinde noch mit linker Hand steife
Sätze gekritzelt haben. Sei nicht
auf den Feminismus eifersüchtig. Er
nimmt dir keine Frau weg. Werde nicht
unfreiwillig konservativ, spiel keinen
Vater, wenn du keiner bist!
Wermut wird rot, ohne die rote
Farbe zu zeigen.
Alle Regenbogenfarben sind den

Pflanzen vorbehalten. Rot angezogen
ist der Fuchsschwanz
zwischen den Löwenmäulern. Wermut
wird leise.
Ich bin nicht pessimistisch, aber keiner
mag mich auf der
Konferenz. Wie kommt das?
Die Konferenz ist kein Ort,
wo man lieben lernt.
Der Schauspieler hat immer eine
handliche Antwort in seiner
Hosentasche.
Beide lachen auf und
Jupiter lächelt heimlich
dem schlafenden Kind zu.

Meine S-Bahn bleibt stehen
am selben Abend.
Die Ansage brutzelt
undeutlich aus den Anlagen:
Wegen der technischen Propaganda
gebe es keine fürsorgliche Erektion mehr.
Bitte achten Sie auf die Durchsage am
Bahnstreik.
Bestimmt eine Entgleisung
der Gewerkschaft,
sagt einer neben mir.
Oder ein persönlicher Schaden,
sagt sein Begleiter.
Die Passagiere reden schräg,

steigen unmotiviert aus und
landen auf der Streßmannstraße.
Eine Schar hilfloser Aussteiger.
Wir rücken eng zusammen
und warten auf einen Bus.
Mir frieren die Oberarme.
In Kriegszeiten wird vieles ersetzt,
sagt ein älterer Mann.
Ich kenne niemanden hier,
niemand kennt mich
und niemand kennt niemanden,
alle tun aber so, als würden wir
gemeinsam eine
Gewerkschaft gründen.
Hinter einem Fahrrad
lauert ein schwarzer
Kater. Das Rad ist nicht
abgeschlossen. Warum sollte ich es nicht
zum eigenen Pferd machen?
Die Gummireifen sagen Nein
mit schlaffen Wangen.
Es gibt Tage, da brechen alle
Linien ab. Linguistik sagten Sie oder
Logistik?
Kein Verkehr mehr außer auf der
Reeperbahn. Da wird noch etwas trans-
portiert, verwandelt und
zweideutig geschminkt.
Der Bus bleibt stecken in
kalten Nadeln des Nieselregens.

Auf dem Bahnhof Altona gebe es alles:
Busse, Taxis, Züge, Fahrrad-
rikschas und Droschken.
Eine Völkerwanderung westwärts.
Die Gründung einer Nation,
ihre Religion heißt Pech.
Die Gruppe schrumpft.
Einer bleibt in der Zelle stecken,
ein zweiter dreht sich plötzlich um
und kehrt zum Tatort zurück.
Als es zu gießen beginnt,
rennen wir unter ein
griechisches Dach.
Willkommen in Europa!,
ruft der Wirt.
Wir haben den Namen geändert,
unsere Taverne heißt nicht mehr
Akropolis, sondern Europa.
Es gab einen Eisenbahnunfall,
erklärt eine von uns.
Kein Problem, wir nehmen Sie alle auf,
antwortet der Wirt.
Ich habe nicht einmal genug
Geld für Tzatziki dabei,
sagt ein T-Shirt.
Geld ist kein Problem,
sagt der Wirt und stellt eine Flasche
Ouzo auf den Tisch. Das ist vom Haus.
Trinken und küssen, streiten und
bitten um die Vergebung! Willkommen

im Herzen Europas!
Der Chor singt unisono: Donky schön!
Bei Dionysos sind wir dreizehn.
An dem Tischkopf sitzt mein
Zufallsbefund: Wermut.
Ich lade euch alle ein. Ihr seid meine
Familie. Die Botaniker verstehen
unter dem Wort Familie etwas
anderes als ein Jurist,
sagt Wermut charmant.
Sind Sie Biologe?,
fragt eine junge Frau interessiert.
Nein, ich bin Philosoph,
antwortet er und die Frau
verschwindet schnell Hände waschen,
bevor ein philosophisches Gespräch beginnt.
Ich habe dich heute im botanischen
Garten gesehen,
flüstere ich ihm zu.
Wermut nickt und bestätigt:
Ich dich auch.
Kann nicht sein.
Doch.
Ich habe mich versteckt.
Gerade deshalb sah ich dich. Wer
nicht gesehen werden will, fällt auf. Hast du
den schönen Schauspieler verfolgt?
In einer ungünstigen Ecke meines Gehirns
zischt ein z.
Zu viel Konsonanten in Tzatziki.

Auch in Ouzo schwimmt ein weißes z.
Die Speisekarte ist ein Buchstaben-
salat mit spitzen Blättern.
Eine Welt hängt an der Wand,
der Balkan in der Mitte.
Eine Karaffe Rotwein für Wermut,
ihn braucht er zum Erzählen,
dass er Gedichte schreibt.
Sein Vorbild: ein persischer Dichter,
der beim Schreiben trinke
und über das Trinken schreibe.
Wie heißt er denn?
Umar.
Weiter?
Hai.
Weiter?
Yam.
Wir malen die Wörter in die Luft
wie zwei Mädchen mit Kreide in der Hand.
Der Balkan ist der Balkon der Welt,
Sofia, Istanbul, Athen:
Sie blicken auf die Elbe hinunter.
Wermut bestellt das Wissen
und es wird serviert in einer
Karaffe, Giraffe, Affe ...
Mir schwindelt in einer
neuen Ordnung, in der ich angehöre den
Frauen, den Pflaumen, den Pfauen.
Mitten im freien Spiel sticht Wermut
mich mit giftigem Dolch:

Warum trägst du so einen riesigen
Beutel bei dir? Wirkt irgendwie
feministisch.
Ich war heute in der Stabi, brauchte
Bücher, um die Bewerbung zu schreiben.
Was für Bücher?
Geschichtekunst.
Warum hast du so große
Stiefel an für die Kunstgeschichte?
Ich bin keine Stöckelkatze.
Was bist du denn?
Ein Kater. Gestiefelt und
betrunken. Ich habe mich für die
Kunsthochschule beworben. Meinst du,
sie nehmen keine Gestiefelte?
Du bist kein Kater, sondern eine Frau.
Das Aussehen täuscht.
Ruckartig schiebe ich den Stuhl
nach hinten und stehe auf.
Gehst du jetzt schon nach Hause?
Ja.
So plötzlich?
Plötzlich hat immer einen langen Vorlauf.
Es ist jetzt schwer, ein Taxi zu
finden. Eine Epidemie des Heimwehs ist
in der Stadt ausgebrochen.
Ich gehe zu Fuß.
Es ist zu weit für deinen Fuß.
Wermut rezitiert:
Wir haben Euch getragen / in unsren kräftigen

Armen / Generation für Generation / über die
Gebirge, durch die Nächte / Jetzt wollen sie auf
den eigenen Beinen stehen / Wo sollen wir sie
aber abstellen?
Ist es dein eigenes Werk? Überlass das Schreiben
dem genialen Perser. Bei dir wird nur
ein Wortschaum produziert.
Wermut schluckt,
ich wende mich ab.
Dennoch werden die Nummern
ausgetauscht zwischen dem
Nicht-Perser und mir.
Er ist einer mit extrem kurzer
Telefonnummer, also
kein Zuwanderer.
In der Außenluft bin ich allein wie
frisch geduscht.
Wo der Nachthimmel schimmert
ist der Süden, der Hafen.
Der Regen kann sich nicht entscheiden,
ganz aufzugeben oder
doch den Boden zu befeuchten.
Der Mond steht hinter den Wolken
und färbt ihre Ränder blau.
Aus der nächsten Körperzelle
werde ich Elsa anrufen,
werde sagen, dass ich bald
nach Hause komme.
Altona liegt hinter Amerika.
Wie lange muss ich noch

laufen, ich, die kleine Ameise?
Ein Auto hupt von hinten.
Jemand ruft: hallow, hallow.
Ich bin keine Puffbohne.
Es liegt ein Missverständnis vor.
Hallow, hallow.
Ich bin nicht heilig.
Warum höre ich Buchstaben
und nicht eine Stimme?
Die Reifen rollen im Schneckentempo.
Komm bitte, steig ein, ich habe
ein Taxi gefunden.
Es ist Wermut.
Ein Taxi aus Kürbiskorb,
die Ratten bringen den Motor in Gang.
Jetzt auf zum Tanzball!
Lass uns zu mir gehen, ich wohne
hier um die Schnecke.
Ecke, muss er gesagt haben.
Wermut öffnet die Tür seines Schlosses.
Ein Bücherturm zu Babel und zwei
Kraken aus Klamotten.
Das Bett ist das Trinkwasserreservoir
mit blauem Bezug.
Sein Mitbewohner heißt Melancholie,
der nicht auf meinen Gruß reagiert.
Er stützt die Wangen auf die
linke Hand und grübelt allein.
Das ist ein Meisterwerk von Aljoscha,
ein Genie, der jeden Dürer

präziser malen kann als
der Meister selbst.
Ist das Copyright schon abgelaufen?
Wer kann schon der Urheber für die
Melancholie sein?
Wermut nimmt meine Hand,
streichelt damit seine Wangen.
Hier bin ich, eine Kopie von mir!
Sein Kinn, ein Beet mit Stopselknospen.
Als er sich heute Morgen rasierte,
kannten wir uns noch nicht.
Der Bart wächst auch bei Frauen,
sage ich.
Wermut nimmt meine Finger in den
Mund.
Es fehlen zwei Zähne oben rechts.
Du musst zum Zahnarzt gehen.
Wermut lässt meine Hand fallen
und sucht in meinen Augen
eine Frau
vergeblich.
Es duftet nach Edelseife,
duftet nach Marseille, weiter ferner
nimmt der Duft mich mit
nach Syrien.
Wermut gibt nicht auf,
strickt und knüpft,
wo kein Faden ist und fragt:
Erzähl mir von deinem X.
Ich habe keinen X, aber du,

du hast zwei X-Chromosomen!
Ist es der Grund für deine Ab-
weisung? Sehr weise, sehr weiß
ist das Blatt Papier, nicht einmal
den ersten Strich sehe ich, aus dem eine
Zeichnung entsteht. Kein Ansatz,
kein Anzeichen, hast du
jemals?
Ja, doch, kann mich erinnern, war ich
betrunken vom Körperduft der
Jungen in der Schule,
habe mich schwanger gemacht
vom Reiben gegenseitig, ich erinnere
grüne Hände, die unreif die Brüste
gestreichelt, links und rechts und sie
wuchsen auch bei den Jungen,
aber dann war es vorbei, als ich
von einem schwangeren Elefanten
träumte. Ich hatte keinen
Zugang mehr zu der Frau,
die ich hätte werden können.
Warum hast du nie gefragt, wie ich
heiße?
Namen machen dich austauschbar, ein
anderer Mann kann genauso heißen wie du.
Du willst nicht wissen, wie ich heiße?
Nun gut, wenn du die Nacht beenden willst,
sag mir bitte, wie du heißt.
Ich heiße Chris.

4 Der zweite Nachtgesang

Jede Nacht lasse ich mich fallen
in den Fluss, der auf mich wartet
unter dem Balkon im Hafenlicht.
Das Hemd der Hemmung,
die Hose der Psychosen:
Kalte Klamotten ausziehen
und sich einwickeln lassen
in das Tuch der Frauenidylle.
Dann lässt der Wagnerian seine
Nadel fallen. Drei Häuser weiter
lebt der einsame Chirurg mit seinen
Schallplatten. Bei jeder Dämmerung
ein Ritual mit Drogen, reine Stoffe
kosten Gold. Frauen lässt er vor der
Haustür ergrauen. Männer bittet er
hinein, wenn sie Kastanien mitbringen.
Auf der schwarzen Drehscheibe
tanzen die Götter.
Geil, geistig, geistlich.
Ich will nicht agieren vor seiner
Tonkulisse, ich will weg von
Gewalt, Geisel, Galgen.
Zurück zu meiner Spur, dort sage
ich nicht Geige, um den Buchstaben G
zu vermeiden, ich sage Violine.
Sie reiben singend,

zittern ohne Angst.
Aus ihnen trommelt es.
In ihnen klingt es weiter,
wie es begonnen hat.
War es ein Ton oder ein Wille?
Wie gern würde ich den Chirurgen
anrufen und sagen, sowie er die Platte
auflegt, klingt es mehr nach Hausfrauenlärm als
nach den Walküren. Schon mal von einem DJ
gehört? Es kommt drauf an, wie man
Platten zum Tanzen bringt mit Fingern und
wackelnden Hüften. Sie sitzen steif auf dem
Sofa, als wollten sie den Herd der Sippe hüten.
Das hat Wagner nicht gewollt...
Elsa steht auf und schreitet
auf dem roten Teppich zum Balkon.
Sie hat eine freie Karte für den
königlichen Stehplatz.
Das Hafenorchester spielt für Ihre Hoheit
Elisa-beth!
Elsa, bist du nicht etwa mondsüchtig,
musiksüchtig? Sogar manipulierbar?
Keine Angst, ich konnte nichts
anfangen mit der klassischen Musik,
antwortet Elsa nüchtern.
Niemand in der Klasse mochte
Bach und Beethoven, bis ein Mädchen aus
Seoul kam. Nie hatte ich verstanden, wozu
ein Orchester gut ist. Warum so viele Musiker
als Sklaven quälen, wo es anders geht. Eine

E-Gitarre, ein Bass, etwas Schlagsahne
und ein Sänger, das reicht doch aus.
Wir haben nie verstanden,
warum die Sopranistin hysterisch
und der Tenor eitel singen,
warum Fischer-Dieskau nicht so singen
kann wie Jim Morrison.
Hat das Mädchen aus Seoul
Klavier gespielt?
Ja, aber sie hat immer Piano gesagt,
nie Klavier und wir korrigierten sie nicht,
weil wir es verstanden. Sie war immer
gut gelaunt, so wohltemperiert war die
Stimmung und wir mochten sogar Bach,
wenn das Mädchen spielte.
Pssst! Die Oper beginnt.
Wo bleibt die Sängerin?
Sie wollte schnell eine rauchen gehen.
Kommt sie pünktlich zurück zu ihrem
Auftakt?
Elsas Feuerzeug macht einen Klick,
spuckt einen Flamingo.
Ein Taktstock löscht ihn
schwungvoll und stimmlos.
Der Dirigent ist der Atem der Nacht.
Dirigieren: ein bohrendes Wort,
zu viel dirididiri steckt in seinem
Ehrgeiz. Elsa drückt verärgert
noch einmal und ihre neue Flamme
schützt sie mit einer Mauer aus Händen.

Betäubt in der Nikotinwolke sagt Elsa:
Ich war auf Marthas Beerdigung.
Wer ist Martha?
Martha war ein Kumpel, erstklassig.
Es gab keine Kneipe, wo sie nicht
mitwollte.
Dem Spiritus-Kalender treu
tranken zwei Frauen Wässerchen
aus dem Heilbrunnen.
Kirschen, Aprikosen und Aposteln.
Sie sprachen nicht über die Wunden,
legten eine Schallplatte auf, da kam
immer dieselbe Melodie,
ein Ritual für die
nie gesehene Familie.
Tobende Elektro-Götter übertönen
das Schluchzen des Mädchens.
Martha wurde geboren
in die Familie der Brennnessel
und gezwungen zuzuschauen,
wie der Bruder ins Zimmer der Mutter
schlich, bekleidet wie im Schwimmbad,
die Krawatte baumelte auf den
Brusthaaren.
Erdbeertorte schmeckte nach Spermien.
Jeden Sonntag, wenn die kleine Martha
allein mit dem Löffel saß und nichts aß.
Die Tür zum Schlafzimmer war
abgeschlossen.
Ihr Bruder studierte die Betriebs-

wirtschaft, setzte das Vermögen
in den Sand,
der weiße Sand, ein Strandurlaub
eines Selbstmörders.
Martha musste identifizieren
kein Geschwister, sondern eine
Leiche.
Martha hat ihre Kindheit
zusammengefaltet und abgelegt.
Bei mir war es ganz anders, dennoch
genauso, sagte Elsa und
fraß die eigenen Lippen auf.
Verletzte Kriegerinnen umarmten sich,
Zwei Wunden klebten aneinander.
Der Öffner hat die Form eines Herzens.
Bier, wir, Wein, weinen.
Nicht einmal ein dünnes
Semikolon stand zwischen den
Freundinnen. Martha aus Mainz,
Elsa aus der Elbe,
eine Spiritus, ein Geist.
Eines Tages erschien ein Phallus
und drängte sich zwischen die beiden.
Es war keine Gewalt, sondern ein
Anwalt, der Schulfreund ihres
toten Bruders.
Martha tauschte Ringe mit ihm,
strickte ein warmes Nest,
pellte ein Baby aus dem Ei.
Der Anwalt fuhr Volvo.

Sonntag pflegte er seine Neigung in der
Garage, das Radio war der Zeuge,
geschwätzig aber feige.
Unter der Haube brummte und stöhnte
der Motor.
Der Benzinpreis stieg und stank,
den Preis musste er mit Zähnen zahlen.
Aus dem Schlauch strömte das Wasser,
benässte den Rasen und das Auto,
es befeuchtete auch die Frau aus Versehen.
Auf dem Herd brutzelten die Braten.
Der Rotwein zischte übers Filet.
Der Geist verdunstete in dem Äther
und es blieben drei Stück Fleisch in der
Pfanne: Martha, Vater und das Kind.
Nach dem Abendmahl schrumpfte der
Vater, zwängte sich in den engen
Pyjama seiner Frau.
Sie drückte ihn an die Brust und das
Baby zwischen die Schenkel.
Zu dritt schliefen sie im Frauenstoff.
Tagsüber sprach er im Namen des
Gesetzes.
Wie lautet aber der Vorname des Ehe-
gesetzes?
Eines Tages, es war ein Mittwoch,
besuchte Elsa die alte Freundin
mit einer Flasche Stolichnaya.
Martha öffnete die Tür,
das Gespenst der Jugend stand da.

Prosit auf die ewige Freundschaft!
Prosit auf schwer erziehbare Mädchen!
Martha war wieder die Alte.
Rausch war ihr Nachname.
Das Kind hat Hunger,
sagte die Mutter Martha.
Elsa holte Quark und zwei
Löffel aus der Küche.
Wir füttern das Baby.
Weiße Milchfreude befleckte den
afghanischen Teppich und den
Schrank aus dem Schwarzwald.
Das Baby kreischte vor Freude,
spuckte und spielte Hubschrauber
mit kurzen Armen.
Das glückliche Kind mit zwei
befleckten Müttern.
Die Tür quietschte
und der Anwalt stand hinter der
Schwelle.
Vor ihm ein Quarkchaos,
hinter ihm das Gesetz.
Mit eingefrorenem Gesicht bat er Elsa,
das Haus zu verlassen.
Martha heulte über dem Klobecken.
Ein Hausverbot unbefristet.

Das Baby hat herrlich gelacht, auch
Martha. Was habe ich falsch gemacht
mit meinem Quark?

5 Ewige Jugend

Der April glitzert voreilig,
als könnte er nahtlos in den Juni hinein-
reiten.
In den Händen der Eisheiligen liegt ein
Testament.
Der Kalte Krieg hat es hinterlassen.
Lang genug haben die Schläferinnen
gewartet auf das Ende der Auszeit.
Der Hass hat nachgelassen. Umso
kräftiger kann es gehasst werden.
Das andere Ufer rückt näher:
Harburg.
Jede reiche Stadt hat das andere Ufer,
das im Schatten wächst.
Da drüben, sagen die Bürger, um sich das
Unbekannte vom Leib zu halten.
Äpfel schwellen und platzen unbeachtet.
Es gibt noch einiges zu besprechen,
bevor der Sommer kommt.
Chris steigt die Steintreppe zur Elbe hinab.
Bei jeder Stufe wird er kleiner,
ich hinterher,
schrumpfe zeitlich versetzt.
Wer zu zweit geht,

lebt nicht seine volle Größe aus.
Ich starre auf die Wand,
den Rücken von Chris.
Sein Hemd spielt ein Segel im Wind.
Wenn er Vater wird, wird er
schweigen wie sein Rücken.
Er wird nicht mehr jonglieren
mit Stoffbällchen der Sprache.
Ich werde fragen, klären und klagen.
Er wird versprechen, ausweichen und
schweigen.
Ein Ehemann, ein Vater: Ein Grab für die
rosa Sprache, die die Zellen beleben.
Die Sonne raubt mir meine Sehkraft.
Die verschwitzten Buchstaben t und r
machen aus dem Sand einen Strand.
Wenigstens die Konsonanten
geben mir klare Konturen.
Die Sandkörner sind feige,
wollen mich nicht tragen.
Flussabwärts kippt mein Gewicht,
flussaufwärts mein Gehirn.
Chris schleppt sich,
ich hinterher.
Das Fußgelenk, dann die Knöchel,
immer tiefer verschwinden wir im
Sand. Die Ameisenlöwen der Zweisamkeit.
Setz dich! Ich hole uns etwas gegen
Durst,
sagt Chris.

Wir sind ausgetrocknet wie im
Laut s und h.
Saha,
Sahara,
Sarah in Sahara,
Haha.
Der Liegestuhl ist klapprig einladend
wie ein alter Philosoph.
Lasse ich mich tief in den Stoff fallen,
steigt der Meereshorizont vor mir.
Mit den Fingern schaufle ich
in eine tiefere Schicht,
fischig feucht und schokoladenfarbig.
Bleib!,
ruft eine Frau ihrem Hund zu.
Er hat einen B-Leib
mit langen, schlappen Ohren.
Die Frau hat einen A-Leib
mit langen, gebräunten Beinen.
Bei jedem Schritt klöppeln ihre
Oberschenkel neue Spitzen am Rock.
Der Hund bleibt plötzlich stehen,
als stünde eine Mauer vor ihm.
Siehst du eine gewisse
Ähnlichkeit zwischen dieser Kreatur und
mir?
Es ist Chris, der hinter mir
steht und eine Frage stellt.
In jeder Hand ein Glas.
Wen meinst du?

Ich bin ein Hund, der vor einer
Haustür steht. Das ist sein Zuhause,
aber weder hat er einen
Schlüssel noch kann er klingeln.
Eine Frau wird dir helfen.
Sie ist tot und die Tür steht vor mir.
Ein Hund ist nichts weiter als ein
UND mit einem Haar!
Stimmt. Als Kind habe ich einen
Aufsatz geschrieben mit dem Titel
Hund. Er bellt
und frisst
und spielt
und schläft.
Der Lehrer sagte mir, es sei kein
Hund, sondern eine Kette aus UND.
Pawlows Hund hätte nicht
UND gesagt, sondern:
weil, deshalb, daher ...
Kennst du Gustave Courbet?
Ja.
Das Selbstbildnis mit einem Hund?
Nein, das kenne ich nicht.
Der Hund und der Maler sitzen beisammen
wie ein Schamane und seine
Seele. Die Haare des Malers wachsen,
wachsen in derselben Wellenlänge wie
bei seinem Hund. Ein Paar
könnte man sagen fast.
Und das Gemälde kommt ganz ohne

Frau aus.
Ja, obwohl die Silhouette des Hundes
wie eine Frau aussieht.
Sehnsucht nach einer Frau? Weiß er
nicht weiter?
Wohl kaum. Der Hund hat seine
Verzweiflung aufgefressen und der Rest
ist eine Weite. Ich beneide den Maler.
Auch du kannst dir einen Hund anschaffen.
Anschaffen? Was für ein hässliches
Puffer-Wort! Einen richtigen Hund
kannst du dir nicht anschaffen. Du
musst ihn finden und von ihm
gefunden werden.
Chris trinkt und schweigt.
Inzwischen ist der reale Hund nur noch
ein Punkt und sein Frauchen ein
Strich in der Ferne.
Chris sucht nach meiner Wange,
ich wende mich ab und zeige mit
dem Kinn auf eine Frau, die
neu aufgetreten ist in unsrem
hungrigen Blickfeld.
Eine Bikinihose,
ein kümmerlicher Bauchnabel
und aufgeblasene Brüste.
Ich würde ihr den Namen
„Melondine" geben,
flüstere ich Chris ins Tor,
das den Weg zum Hirn öffnet.

Er zeigt seine Zahnlücken, sieht
aus wie ein Junge. Zwei Mal zwei
Jahre alt.
Am wohlsten ist es mir, wenn ich
einen Mann zum Lachen bringe.
Kennst du den Ursprung der Welt,
fragt Chris. Sein Blick ist fixiert
am Dreieck der Bikinihose.
Die Welt hat einen Sprung,
aber keinen Ursprung,
antworte ich, um Chris
von der Melondine zurückzuholen.
Ich meine ein Gemälde von
Courbet, er hat gemalt
eine nackte Frau, sie liegt im Bett
und du bist der Betrachter, vielleicht
ein Hund, der auf dem Boden sitzt
und schmatzend starrt auf die
Schamlippen der Frau, die Beine sind
weit auseinandergespreizt und an der
tiefsten Stelle ihres Hafens kommst du
an mit deinem Schiff des Blickes, aber die
Vagina ist verschlossen, sie ist
ein schmaler Pinselstrich, mehr nicht
und du bist ratlos, bist ein Hund
ohne Pinsel, ohne eine Wortkunst der
Überredung. Was würdest du tun?
Ich bin eine werdende
Malerin, werde übermalen
mit meinem Pinsel den Strich,

ich werde auf das Bild malen,
dann wird aus den Schamhaaren eine
Hündin, die man streicheln kann.
Die Hand von Chris wiegt schwer
auf meinen Unterbauch, der längste Finger
fragt nach der Rundung unter dem
Romanstoff meiner Hose, ein Wanderweg
zum schattigen Tal hinunter ist bewachsen
mit zahmen Gräsern, da rinnt im Frühjahr ein
Bach in einem dünnen Faden. Erhitzt
durch die Abendsonne und das
Fingerspiel der Reptilien im Sumpf
der Gedanken ohne Worte. Chris
zeichnet kleine Kreise in meine Haut hinein
und tippt um das Loch herum
provozierend, als würde er sagen,
na, was ist, ich weiß, dass du zu Hause
bist, komm raus, der Winter schläft nicht mehr!
Die Fensterladen aus Fleisch werden
geöffnet mit einer sanften Zange, ich
schwitze wie im Salzwasser gebadet, aber
die Zeit hört nicht auf, weiter zu
öffnen, bis der Kern des
Apfels sich entblößt
und ganz ohne Schutzhülle seine Kost
hingibt. Chris führt meine Hand zu sich,
zum Leuchtturm, noch kein Licht.
Die Falten der Außenwände
glätten sich und wachsen in die Höhe.
Wir hören plötzlich ein Knirschen im Sand,

unsere Hände fliegen auseinander.
Ich schließe meine Zange und schalte mein
Sehen an. Ein Fremder steht über uns.
Seine Beine sind intellektuell behaart
und asketisch trainiert.
Eine kurze Hose, ein Flatterhemd,
unbekümmert, tropisch, bunt.
Nur sein Gesicht verrät sein Alter.
Entschuldigen Sie bitte! Wie komme ich
zum Hafen?,
fragt er höflich, als hätte er nichts gesehen.
Chris serviert die Antwort auf einer kalten Platte:
Immer weiter so!
Der Mann lächelt mit einem
Reißverschlussmund.
Danke! Ich wollte euch nicht stören.
Schon ist er nur noch ein Rücken in der
Landschaft.
Chris winkt zum Abschied.
Träume weiter, die ewige Jugend! Ich
kann das nicht, weiterträumen von einem
jungen Gott, der nicht ich bin. Deshalb
habe ich zugesagt, die letzte Chance.
Welche Chance meinst du?
Du weißt, dass man ein Foto nicht mehr mit
ph schreibt, es sei unökonomisch,
zwei Buchstaben zu investieren,
wo es mit einem getan ist. Aber es
gibt doch welche, die der alten
Schule treu bleiben. Das Morphin und

den Philosophen schreibt man weiter mit ph.
Ich möchte mich auf den Stuhl hinsetzen in
Schwanenberg, auf den goldenen
Lehrstuhl. Irgendwie lächerlich
die Illusionen der ewigen Jugend
wie ein ungebundenes Buch! Ich
bin alt, will dich festhalten zwischen
meinen drei Beinen, dem Spielbein eines
Denkers, dem Standbein eines Steuer-
zahlers und dem dritten, das du
Nacht für Nacht als Haustier
liebkosen kannst. Wäre die beste Kulisse
für dein Leben, egal was du vorhast. Willst
du mitkommen?

Ich sehe ein Nashorn auf dem anderen
Ufer der Elbe stehen.
Ein Student geht an ihm vorbei,
ignoriert es und geht in die Mensa.
Bratwurst nimmt er nicht wegen Schwein,
Salat nimmt er nicht wegen Kohl.
Mit gesenktem Kopf schaufelt er
das Pensum Kartoffeln in den Mund.
Aus seiner Stirn wächst ein Horn,
Ein Nashorn, es teilt den gleichen
Gott mit Chris, kennt aber keinen alten
Griechen.
Umar Hai Yam hat er noch nie gelesen.
Zwei Mädchen kichern hinter ihm.
Erheitert und aufgedreht

mischen sich zwei Männer ein, vielleicht drei.
Sie flirten und florieren blumig unschuldig
und doch bewusst hormonell orientiert.
Das Nashorn kann sich nicht umdrehen.
Sein Hals wird zu steif vor Wut.
Ein Mann sollte nicht lachen,
schon gar nicht im Chor mit Jungfrauen.
Die jüngere Schwester merkt nicht den Blick
des Geiers, der sie nur verspeisen will, oder
sie ahnt es und spielt mit.
Der Einzelgänger steht auf und
joggt nach Hause, sagt aber nie Joggen,
denn das ist ein Adidas-Wort.
Sechs Kilometer jeden Abend ohne ein
passendes Verb. Zehn Uhr abends zehn Mal
eine Ohrfeige dem elektronischen Teufel,
der nicht schlafen will. Sein Wecker ist eine
Moschee, singt ein Gebet um sechs Uhr.
Dann zieht er eine Hose mit einem Loch an,
selber ausgeschnitten, wo ein Puma
war. Die Form seiner Laufschuhe macht
aus ihm doch einen Ödipus.
Das Rhino trainiert die Technik,
mit dem Kopf die Weltplatte
umzustürzen.
In seinem Nachtkino
ist er größer als der Kran in der
Werft.
Als sein Vater starb, lachte seine
Mutter den Onkel an

mit den Lippen
knallrot angemalt.
Der tote Vater ist der gute Vater,
Gott war sein Klassenkamerad.
Der arabische Hamlet.
Bei ihm ist es immer Montag.
Die Museen sind geschlossen,
die Restaurants halbleer. Er will
höher steigen, besser sein,
rächen und niemals lachen.

Schläfst du? Es ist kühl geworden.
Ich öffne den Vorhang.
Der Fluss liegt vor mir und Harburg
hat sich wieder in die Ferne gerückt.
Chris beugt sich über mich
und bedeckt den Himmel
mit dem Schatten eines
abstürzenden Flugzeugs.

6 Eine kosmische Kneipe

Die Buchstaben k und n im Wort Kneipe
knistern in meinen Knochen.
Ich bin verabredet.
Gespräche am Nebentisch,
am Stammtisch,
am Asttisch und an der Theke.
Aus der Klangkulisse springt
immer wieder ein Wortknopf heraus:
... hab Kontakt geknüpft,
... das kannst du knicken,
... echt knallhart
... ging auf die Knie
... war knapp
... landest im Knast
... Ich habe
Kntakt
aufgenommen
mit einer Welt, die mich nicht versteht.
Zu jeder Verabredung komme ich
eine Stunde zu früh,
die Wartezeit ist die wahre Zeit.
Vor mir auf dem Tisch liegt ein
Perlmutterknopf.
Wo kommt er her?

Von meiner Bluse.
Man kennt sich nie aus
im eigenen Stoff.
Jim Knopf auf dem Tisch,
der Jugendfreund von Elsa.
Ein witziger Junge, der gerne reiste.
Er nahm Elsas Hand und flog.
Im Reich der Mitte angekommen
verlobte sich Elsa mit Jim Knopf.
In ihrem Eierstock liegen frische
Pingpongbälle.
Im Reich der Sitte
hat niemand Angst vor Riesen,
weil die Größe allein keine Kraft
mit sich bringt und somit sind die
Riesen schwächer als die Ameisen.
Im Reich der Mitte lässt sich Elsa nieder.
Sie will lernen, Reiskörner zu beschriften.
Zu Hause wird sie gelten als Verräterin,
eine Außenseiterin, die aus der Reihe
tritt, wie ein Knopf aus der Bluse.
Eine passende Bluse? Nein, danke!
Ich trage gerne zwei Nummern größer,
möchte nicht mein Fleisch ausquetschen
wie Sexy-Mayonnaise aus der Tube.
Ich möchte mich im Beduinen-Zelt
der weiten Bluse ausruhen,
wo man von außen nicht sieht:
Mann oder Frau,
möchte keine Marie-Antoinette sein.

Meine Perlmutter hat mich nie
an ein Königreich verkauft.
Im Gegenteil: Ihre Tochter soll nicht
unter die Haube rutschen wie sie,
soll nicht leiden unter der Sehnsucht nach
Allein-Sein.
Der Abstieg ist meine Lust
in den Keller unter die Erde.
Aus der Zero-Etage steige ich
in den Keller hinunter.
An der Seitenwand ein
verwaschenes Kopfkinoplakat,
fast verweht im Wind.
Alte Termine der Flohkonzerte,
Ameisenmärkte und Anti-
AKW-Demos:
Vergangene Termine.
Atom, autonom, im Automaten
reihen sich die Zigarettenschachteln
wie Sportler in Uniform,
die größte gelbe Gefahr für HB,
Marlboro ist rot, der kommunistische
Cowboy sagt:
Kaufen ist tödlich.
Ich liebe Schachteln jeder Art: alte und
neuartige, kleine und großzügige.
Neben dem Automaten zwei Toiletten.
Auf einer Tür steht: jüdisch-christlich,
auf der anderen: iSlam poetry.
Kein Zurück mehr, denn

der Weg nach oben ist gesperrt
durch ein verschwitztes
T-Shirt eines Studenten.
Durchnässte Baumwolle klebt
an seinem Körper,
der zeigt, was er hat:
etagenweise Arbeitermuskeln,
geerbt von seinem Erzeuger.
Der Sohn studiert, die Mutter ist
stolz, ahnt nicht, dass sein Seminar
stets in einer Brasserie stattfindet.
Er will über die sexuelle
Orientierung reden.
Der sexuelle Orient,
der Orientexpress, ein schneller
Sexprinz.
Und du?
Homo
sapiens und
Hetero-
lingual und
keine Frau, kein Mann, dafür aber eine
Stereoanlage: von links und rechts
möchte ich hören das Geflüster
der Hormone jeder Art.
Komm, lass uns ...
Ich öffne eine Tür, ich weiß nicht welche,
es spielt keine Rolle, ziehe
den jungen Mann mit hinein. Die trübe
Glühbirne verdunkelt sich und wenn sie wieder

leuchtet, liegt vor mir ein Bazar,
mit z geschrieben.
Auf dem islamischen Teppich
sind angeboten: Seidentücher, silberne
Tablette, handgefertigte Ledersandalen,
Wasserkrüge, Amulette,
Marionetten, Klamotten.
Es ist die wohlbekannte
Orient-markt-wirtschaft.
Ein Kostüm aus schattig-weißer
Baumwolle gefällt mir.
Das Oberteil ist breit geschnitten,
bedeckt die Oberschenkel und flattert
gelassen.
Kein Reißverschluss,
kein Knopf,
die Befreiung vom Knopfzwang.
Der Lampion geht über die Knöchel, dort
eng geschnürt.
Ich nehme das!
Der Schnurrbart an der Kasse
lächelt, packt die Ware in
Seidenpapier.
Ein Geschenk für Ihren Mann?
fragt er.
Ja, für meinen Mann – das bin ich,
antworte ich.
Hinter der Kasse steht er sanft nickend.
Hinter ihm liegt eine Wüste, es ist ein Foto,
schwarz eingerahmt, die Haut ist

braun-rötlich erschöpft.
Er trägt ein Kostüm, ähnlich wie
meins, darüber eine Soldaten-
jacke, grün, grau befleckt mit dem
Schmutz aus dem Vietnamkrieg.
Er hält ein heiliges Buch unter den
Achseln.
Das ist mein Bruder,
sagt der Mann, während er mir
Wechselgeld gibt.
Was für ein Buch hat er da?,
frage ich.
Hemingway, antwortet er lässig,
als wäre es ein Straßenname.
Kein Koran?
Nein, um Gottes willen!
Hellgrüne Flecken fressen
dunkelgrüne Flecken.
Das Tarndesign ist entworfen für
Vietnam, daher ungeeignet für die
Wüste.
Die Jacke passt nicht zu dem, was
Ihr Bruder darunter trägt,
sage ich weiblich-salopp.
Krieg,
antwortet der Mann ohne Regung,
ohne Artikel, nur ein nacktes Wort.
Ein Krieg gegen die UdSSR,
ergänzt er sorgfältig.
Gegen die US?,

frage ich voreilig nach.
So weit kommt es noch,
antwortet er weise.
Hara-show, Sahara-show!
Er lacht nicht über meinen
inneren Witz.
Das ist eine islamische Ru-
baschka, was ich mir gekauft habe.
Damit werde ich ohne Papiere reisen
durch Russland und Afghanistan.
Durch die Etagengesellschaft
steige ich hoch ins Lokale.
In jeder Studentenkneipe werden
täglich Studenten produziert.
Sie haben noch nicht von Bologna
gehört, sie brechen aus nach Pune,
noch Poona genannt
von denjenigen, die in Doller bezahlen.
Die Studentin am Nebentisch spricht
nüchtern geschminkt.
Ich war da und dort habe ich meinen Ex-
Sexguru kennengelernt.
Er war sicher ein Fachwerkhaus,
sagt die andere.
In der Stadt Celle kommt die X-Form
nur im alten Bauwerk vor, woanders
hat jeder Fuchs sechsmal Sex mit
einem anderen Fux.
Achtundsechzig Male hat es mein Papa
getrieben, die Neunundsechzig ist out

als Sektenpraxis. Jetzt ist angesagt die
verdammte Sechsundneunziger Form,
eine leichte Po-Berührung, den Rücken
gegen den Rücken gedrückt, keine
Gefahr, sich gegenseitig Augen auszu-
kratzen. Verlobt sein und immer loben,
was der andere tut.
Verlobung? Ein Loblied auf die Ehe?
Die Ehe? Ich weiß nicht, meine Mutter
sammelt Steuerfett an den Hüften
und ihre Kurzsichtigkeit, weil sie den ganzen
Tag fernsieht. Trotzdem würde ich mich
freuen über einen Verlobungsring.
Ist es dein Plan?
Nein, nur eine Polemik.
Wen willst du provozieren?
Einen gewissen Prof der Politologie.
Gehst zu seinem Seminar?
Ja. Die Politik beginnt mit einem Po.
Auf dem Tisch landen zwei Weingläser
mit einem einzigen Knack.
Mein X-Guru war ein Tisch.
Fe-tisch?
Neunundsechzig Prozent der
Bevölkerung knabbern gerne an den
Zehenspitzen des Partners. Demo-
graphisch gesehen ist es eine Zeit-
vergeudung.
Weißt du, woher das Wort Familie kommt?
Nein.

Von Vermehren.
Von Vermeer? Er hat fünfzehn Kinder
gezeugt.
Und siebenunddreißig Bilder.
Es gibt so viele Tätigkeiten, bei denen
die Frauen schwanger werden: Briefelesen,
Milch aus dem Krug gießen, Gitarre spielen
oder
am Tisch einschlafen.
Ja, ja, viel mehr.
Vermeer!

Hallo, Elsa!
rufe ich zur Tür.
Sie kommt immer von vorne, weil ich mich
schnell zu ihr wende,
das Sonnenblumenprinzip.
Elsas Gesicht blüht auf,
dann schließt es sich schüchtern.
Ein Pils bitte für mich.
Wie war der Tag?
Der Tag war wie die Nacht. Erst muss ich
trinken, dann kann ich reden,
sagt sie trocken.
Schweigen kann ich nicht aushalten,
wenn es länger dauert
als ein Maschinendurchgang
für Cappuccino.
Erzähl doch! Was gab es heute?
Ich sollte mich rückwärts

gegen meinen Chef fallen lassen.
Und der Sinn der Übung?
Der Chef sollte mich auffangen. Das
Vertrauen ist eine Übungssache. Mein
Rücken ist aber ehrlicher als ich. Er suchte
nach dem Boden, nicht den Chef. Dann
sollte der Chef sich fallen lassen,
rückwärts in meine Arme.
Und?
Ich zog mich reflexartig zurück.
Was für eine seltsame Übung.
GTA: Die gruppendynamische Therapie-
stunde am Arbeitsplatz. Wir
sollten lernen, im Team zu arbeiten,
erklärt Elsa und ich verstehe intim.
Bitte schön!
Welche bittere Schönheit ist
gemeint, wenn ein Kellner uns ein
Bitte-schön bringt?
Die Gläser schwitzen peinlich gold.
Elsa prüft mit dem Zeigefinger die
Festigkeit des Schaums.
Sie lächelt das Glas an,
nicht mich.
Mein Leben lang war ich gebunden
an die Menschen, die sich betrinken
chemisch und traditionell.
Sie sind lichtscheu und wortkarg,
die Mieter der Unterwelt,
können nicht aushalten, was

sie verletzt, können nicht lassen,
höher und immer höher zu
steigen.
Wer aus dem Keller steigt,
ist ein Kellner.
Er bringt uns Nudelmasse,
zu einer Charakterlosigkeit zerkocht.
Elsa sticht mit der Gabel hinein
verärgert und nervös, als hätte sie
Angst, angesprochen zu werden.
Wenn Elsa schweigt,
fällt ihre Körpergröße auf.
Ein Meter fünfundneunzig:
Sperrig, ungeschickt und überflüssig.
Elsa zündet die HB an, zieht und stößt
einen langen Rauch aus.
Kann ich dich jetzt ansprechen?
Meine Hand öffnet die Schiebetür
des Rauches und hinter ihm erscheint
eine weitere Tür, verschlossen
und verriegelt.
Um die Traubenworte aus ihrem Mund
auszuziehen,
um ihren Saft zu trinken,
müsste ich sie zerquetschen können
mit fragenden Fingerspitzen.
Ich ziehe Postkarten aus der Tasche und
eröffne eine Galerie auf dem Kneipentisch.
Elsas Augen glänzen wie ausgetauscht.
Von wem sind die Bilder?

Valadon. Suzanne Valadon.
Noch nie gehört.
Heute war ich in dem Antiquariat,
wo man vergilbte Postkarten verkauft.
Zwischen den Südseepalmen
von unbekannten Urlaubern
und den Schwarzweißstraßenbildern
mit Zylinderhüten
habe ich gefunden
die Kunstpostkarten. Mein Format,
wie ich dir schon sagte, ist die Postkarte.
Ohne Naht und Saum liegt eine Frau
im Sofa wie in einer Riesenmuschel.
Keine Venus. Die Zeiten sind vorbei,
in denen Suzanne Modell stand
für Degas und Renoir.
Jetzt malt sie ihre eigene Haut.
Unsichtbar und nah
spannt sich die Netzhaut
über die Nacktheit.
Zwei Frauen und ein Bett.
Die ältere ist die Zuhälterin oder die
Mutter, gekleidet im samtschwarzen Kleid.
Ihre Schuhe atmen zurückhaltend und weiß.
Die jüngere Frau ist noch ein Mädchen
splitternackt mit großen rosa Schleifen
am raben-schwarzen Haar.
Die Brüste sind ausgereift,
an den Wangen noch Babyspeck,
kein Haar in der Dreiländergrenze.

Die Mutter trauert um die Jugend,
bringt die Tochter auf den Markt,
human, brutal und verantwortungsvoll.
Die Tochter ist ihre neue Vagina.
Wie sehe ich aus?,
fragt das Mädchen den Handspiegel.
Wer-ist-die-Schönste
ist nicht ihre Frage.
Ich wurde schon mehrfach abgebildet
in der Weltkunst, aber noch nicht
von mir selbst.
Zwei Frauen unter der Dusche.
Eine wäscht den Kummer
aus dem Haar der anderen.
Lass uns nach Hause gehen,
sagt Elsa und bei mir
krabbelte es zwischen den Schenkeln.
Zahlen,
bitte!
Nicht der Kellner, sondern wir
steigen in den Keller der Nacht.

7 Der Club des Nordens

Umgeben von festen Fasern der
Männeranzüge stehe ich mit Chris
unter einem Kronleuchter.
Der Chef einer Containerfirma spielt
Triangel mit Weinglas und Gabel.
Meine Därmen und Herren, ich
begieße Sie herrschaftlich hier in
unsrem traditionellen Festsaal
der Amselstadt Hamburg!
Wörter werden verzerrt, denn hier ist
alles Luxus, nur nicht das Mikrofon.
Eine schlechte Akustik bietet mir
Nachbarwörter als Lustobjekt.
Der Herr spricht unbesorgt weiter:
Wir hatten von allen Sparten der
Gesellschaft die einflussreichsten
Pfauen und Männer als Mitglieder. Ein
Philosoph fehlte uns seit mehreren
Jahren. Nun konnten wir aber endlich
einen gescheiten Philosophen
für uns gewinnen!
Niemand lacht.
Ein Philosoph – gescheit?
Ein Fußballer sportlich und ein Dichter
innovativ?

Passende Adjektive machen uns dumm.
Chris zieht keine saure Miene,
gibt eine Antwort im neutralen
Geschmack:
Die Philosophen sind heutzutage
vergleichbar mit der Saimaaringel-
robbe, einer bedrohten Robbenart,
die nur noch im Kreuzworträtsel
vorkommt. Umso dankbarer bin ich,
dass Sie sich noch an meinen Beruf
erinnert haben. Aristoteles verachtete
das Überflüssige, ahnte aber nicht,
dass die Philosophie eines Tages
als solches angesehen wird.
Der Containerchef nickt wie ein Familienvater
aus einem Kinderfilm.
Sie erwähnen eine Robbe. Das trifft sich
gut. Wir haben schon in unsrem
Club ein berühmtes Walross. Er dirigiert
Wellen und Funken im Norden. Wenn
wir schon von edlen Lebewesen
sprechen, möchte ich Sie daran erinnern,
dass wir bereits unter uns die größte
Blume der Werft und die neue Generation
Hagenbeck haben. Prosit
auf den Club des Nordens!
In Weingläsern ist das
nostalgische Meer gefangen.
Der Geschäftsmann verbeugt sich
orientalisch vor einer Frau,

vielleicht meint er mich.
Er richtet kein Wort an mich, denn
er fragt Chris:
Wer ist diese vorzügliche junge
Dame? Ihre Frau?
Ja, insofern die grammatikalische
Präsenz auch für das Futur steht.
Chris zögert nicht mit seiner Antwort.
Mein Antiwort hingegen kommt verspätet,
zu leise,
fällt ab von der Höhe der Ohren.
Der Mann klopft väterlich
die Schulter von Chris und eilt zum
Büffet. Die Herren stürzen auf die
Nahrung mit der Geste,
bitte schön,
ich bediene mich gern als Letzter,
es gibt genug für alle.
Ein hungriges Kind schaut aus seinem
Scheitel,
ein Nachkriegskind.
Es schnalzt und zwinkert zu den
Austern, die in ihren Spitzenunterwäschen
feucht glänzen.
Der Kaviar aus der Ostsee ist auf Eis
gelegt. Das Gespenst des Kalten Krieges
tanzt auf dem dünnen Boden.
Gehört die Ostsee zum Osten?
Wenn der Laich gegessen,
das Eis geschmolzen

und der Weinkeller leer –
was kommt als Nächstes?
So ein heikles Thema neben gutem
Heringssalat!
Das Gespräch galoppiert,
aber der Zügel
bleibt in der Hand der Herren,
die sich über mehrere Jahrhunderte
gegenseitig die Hände schütteln.
In Wellenbewegungen der Begrüßungen
befestigt sich wieder eine Schiffslinie.
Selbst nach der großen Flut
würde der monatliche Club-Lunch
stattfinden auf einer Arche Noah.
Ein Mediziner stellt sich Chris vor,
ein leidenschaftlicher Romanleser.
Was lesen Sie gern,
fragt Chris zwanzig Prozent
amüsiert, dreißig Prozent höflich,
der Rest bleibt mir dunkel.
Thomas Mann,
antwortet der Mann,
wendet sein Gesicht mir zu und fragt:
Das ist sicher kein Autor für Sie, oder?
Warum?
Ist nicht so ein Familienname wie
Hagenström für Sie unangenehm?
Nicht unbedingt, denn bei mir zählt
der Vorname. Mein Chris ist der
zweite Bruder einer großen

Kaufmannsfamilie, wie Christian. Er hat nicht
die Firma des Vaters weiter-
geführt. Er fühlt sich hoffnungslos
angezogen vom Theater
der Nacht, der Philosophie.
Wie klingt für Sie der
Familienname Buddenbrook?
Genauso wie für Sie: südafrikanisch eben.
Chris lacht wie eine Zimbel,
der Mediziner ist erschrocken,
in seinen Augen steht jetzt Christian,
kein Chris mehr. Der Mediziner
lässt die Höflichkeit fallen, nackte
Neugierde hetzt ihn, wenn er fragt:
Und Ihnen gefällt Christian? Der kranke
Ast der Familie?
Das Theater ist seine Familie.
Ah ha, ist er etwa Ihre Lieblingsfigur?
Nein, nicht ganz. Meine Lieblingsfigur
ist sein Neffe, der Mozart nicht so spielt,
wie die Noten es vorgaben. Er
improvisiert, der Free-Jazz-Musiker
aus Lübeck!
Chris lacht unterstützend,
ich setze übermütig fort:
Seine Liebe zu Kai
ist ein Sturm, fieberhaft. Der Roman
beginnt mit einer Zwangsheirat
und endet mit der Liebe zwischen
zwei Knaben in einer Musik.

Das ist ein Verfall,
sagt der Mediziner.
Die Demokratie ist ein Verfall, ein
wunderbarer, wir sollten ihn
lieben lernen,
behaupte ich
und das Behaupten ist das Ende
eines Gesprächs.
Chris zieht mich zum Nachtisch.
Eine Visitenkarte,
die er vom Herrn bekam,
glänzt weiß in meiner Hand.
Die Universitätsklinik, dazu noch
eine Hilfsorganisation in einem
Kriegsgebiet in Afrika.
Weißt du, so ein unangenehmer Mensch
tut viel mehr für die Mensch-
heit. Mach ihn nicht fertig
wegen eines Romans.
Der Hauptgang ist vorbei,
jetzt kommt Schokoladen-muss
mit Lübecker Marzipan.
Das Mus der Multikultur,
Multipan, der Panafrikanis-mousse.
Du irrst dich mit der Reihenfolge.
Nein, keineswegs!
Kommst du mit nach Schwanenberg?
Chris bringt einen Zettel mit,
wie ein Fetzen Haut von einem Drachen.
Hier musst du deinen Namen eintragen,

sagt er.
Einen Namen tragen?
Austragen?
Ein Embryo macht aus zwei
Familiennamen einen.
Hier ist ein Kabeljauschreiber.
Was hast du gesagt?
Ich habe gesagt, dass du hier
deinen Samen eintragen sollst, damit
du auch ein Mitglied wirst. Tue so,
als wärst du meine Frau. Das machen sie
alle beim Jahresabo für ein
Konzerthaus.
Aber ich bin keine Frau,
nicht nur nicht deine Frau,
sondern überhaupt keine.
Warum denn das?
Würdest du mich lieben,
selbst wenn ich keine
Frau bin? Dann könnte ich dir erst
vertrauen.
Willst du das Frausein ablegen
wie einen Wintermantel? Siehst du die
Damen in der Ecke? Sie haben
keine Kaninchenaugen wie deine
Freundinnen. Sie sind gut
bemäntelt und fühlen sich
geborgen in kräftigen Armen. Schreib
deinen Namen und lass mich dich
begrüßen:

Willkommen im Club der Leidenschaft!
Ich öffne die Handtasche, suche
nach dem Kugelschreiber, stattdessen
finde ich zwei Postkarten, auf denen
ist dieser Festsaal abgebildet
leicht verwandelt.
Zwischen Brillen und Bärten der Männer
sehe ich zwei Frauen mit lustvoll
frechem Blick.
Knallig angemalte Lippen mit
Zigaretten als Zungenersatz.
Sie ziehen die Schultern hoch,
drücken die Hüften nach vorne
spielerisch kampfsüchtig.
Die andere Postkarte zeigt auch zwei
Frauen. Sie tanzen mit trübem Blick.
Standhaft gebaut,
stolz auf die Oberarme. Wer kann
so die Schwingung in der Musik malen?
Jeanne Mammen.
Thomas Mammen.
Ein Mann
mit Geschäftsmannsstirn
kommt auf uns zu.
Sind Sie Frau ...?
Der Nachname von Chris
fällt ihm nicht ein. Die Frage
hallt in meinem hohlen Kopf.
Sind Sie Frau?
Eine Frau?

Überhaupt eine?
Nein, ich bin keine, übrigens, ich
möchte malen.
Bevor Chris sich
mit seinem Familiennamen meldet,
habe ich mich bloßgestellt.
Eine, die keinen Namen trägt
und Durst hat ohne ein Glas
in der Hand.
Sie haben also vor,
mit dem jungen Mann hier
eine Familie zu gründen?
Es ist eher eine Art Monopoly,
verstehen Sie? Ich werde
ein Haus kaufen auf der
Parkstraße.
Der Geschäftsmann reißt die Augen auf.
Da wohne ich!
Wohnen Sie in Monopoly?
Von meinem Tellerrand
fällt ein Würfel Emmentaler
auf den Boden.
Die Fläche mit einem einzigen Loch
zeigt nach oben.
Mit der Zahl Eins komme ich kaum weiter.
Pech und ich
haben zwei Buchstaben gemeinsam.
Eine Tänzerin von Degas
tritt aus dem Plakat, beugt sich
und hebt das Stück Käse elegant auf.

Danke! Bis wann läuft die Degas-
Ausstellung?
Sie hört mir nicht zu und geht auf
Zehenspitzen weiter, als gäbe es
mich nicht.
Ich folge ihr durch die Menschenmasse.
Die weiße Farbe kann verschwinden
in banalen Sonnenstrahlen.
Degas hat nie eine Tür eingebaut
im Studio,
gefangen in einem Licht ohne Ende.
Chris steht neben mir und summt
eine Melodie aus dem Schwanensee.
Beide Schwäne sind männlich
solo.
Du kommst also nicht mit
nach Schwanenberg?
Ach ja, der Berg, nicht der See. Nein,
ich kann meine Familie nicht verlassen.
Welche Familie denn?
Elsa, ich und der Kater.
Ich wusste nicht, dass du einen Kater
hast.

8 Der dritte Nachtgesang

Der Docht öffnet seine Hand
und wärmt das tibetanische Kind.
Das Mondgesicht mit
schweren Lidern.
Es kennt keinen Überschuss,
kein Trostgeld von Eltern,
kein Billigspielzeug.
Der Mond kommt zu seiner Helligkeit,
ohne sich zu verbrennen.
Er nimmt das Licht aus der
kosmischen Kugel.
Eine Wachskerze,
eine Pechkerze,
opfert ihr weißes Fleisch,
schwitzt und weint.
Elsa spricht mit dem Kind im Bild.
Na, was hast du heute gemacht,
gesehen, gefangen?
Gefangen wurde ein Käfer,
gesehen eine Reisende mit
gelbem Rucksack.
Elsa, wir müssen zuerst nach
Amsterdam,

flüstere ich, ein Gast ohne Kopfkissen.
Wir stehen auf und gehen durch die
Wand ins Rijksmuseum.
Was fliegt schneller: ein Rückblick
oder eine Lichtstrahlung?
Michael kann fliegen,
Gabriel, Raphael, auch KLM kann fliegen,
aber nichts fliegt schneller als
Erinnerungen. In Amsterdam
spazieren wir die Kanäle entlang.
Im Rotlichtdistrikt ein Riesenaquarium.
Gymnastik-Lehrerinnen tanzen
im sparsamen Bikini.
Rot wie Goldfisch, Gold wie Geld.
Sie nehmen jede Währung.
In ihrem Revier gibt es keine
Doppelbuchführung der Moral,
keine Steuerhinterziehung
in der Gewehrmutter.
Eine aufgeklärte Erotik.
Flach und gleichberechtigt
ohne ein Gebirge.
Aufgeklärt, transparent,
fortschreitend, wohin?
Stehen Bordelle auf dem Kopf,
So steigt eine elle an Bord.
Ein Handelsschiff.
Sie kann französisch,
dazu hat sie noch weitere drei
Liebhaber, verkleidet

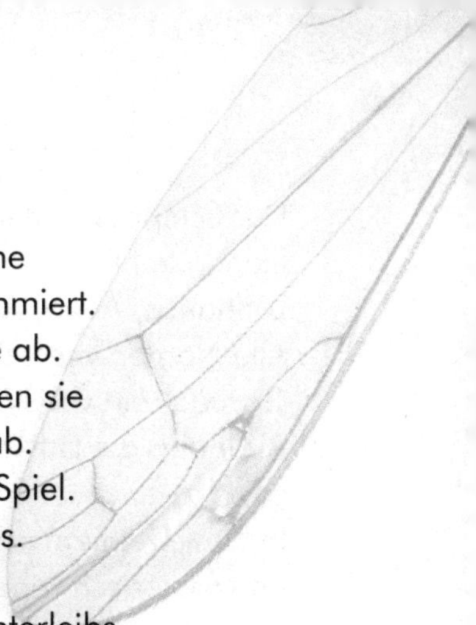

mehrsprachig im Dirndl.
Ungeschält gegessen wird jene
Bella, Bella, mit Nutella beschmiert.
Die Kundenzungen lecken sie ab.
Vor dem Durchpeitschen geben sie
schriftliche Einverständnisse ab.
Volljährig und legal ist jedes Spiel.
Der Wecker klingelt pausenlos.
Keine Überstunde,
sagt die Gewerkschaft des Unterleibs.
Alles Flüssige wird nach Tarif bezahlt,
Cola, Koka, Kakao, Kick,
Sprudel, Sperma, Schleim und Champagner.
Kein Tabu, aber Tabuletten
gegen eine schlaflose Schwangerschaft.
Wenn ich Geduld hätte,
wenn ich Gulden hätte,
würde ich ein Straßenmädchen
kaufen, das doppelt so alt ist wie ich.
Was willst du mit ihr machen?,
fragt Elsa besorgt.
Ich möchte die Kerze anzünden
und sehen, ob ihre Augen,
die Nase und die Wangen
gemalt sind
von Godfried Schalcken. Denn morgen
sind wir nicht mehr in
Europa und es wird
keine Schatten mehr geben
in der Malerei.

Der Schiphol ist der Hafen für
fliegende Niederländer.
Lufthansa, Anna, Alitalia:
Alle Namen versuchen auf a zu landen.
Garuda: ein vorislamischer Engel.
Air India: die Luft Indiens, gemischt
gewürzt.
In New Delhi aussteigen
und weiter schweben nach Kathmandu.
Royal Nepal: königlich wackelig
über die höchsten Dächer der Welt.
Ein Hippie mit Swatchuhr
quatscht mich an.
Hübsch wie ein goldener Löwe.
Sein Geldautomatenstaat
kann ihn nicht heilen.
Elsa steigt später ein,
bittet den Löwen,
den Platz neben mir zu räumen.
Er steht auf, ein großer Mann,
Elsa ist aber größer.
Beide schützen ihren schwachen
Puls mit der gleichen Uhr.
In der Brusttasche
das Zauberwort: Tibet.
Der Himmel besteht aus Treppen.
Der Flieger fällt drei Stufen runter und
Elsa ist starr vor Schreck,
hält sich fest an der Armlehne.
Ihr Ellbogen drückt meine Brust,

es pocht.
Kathmandu ist ein Herz,
versteckt im gerunzelten Gebirge.
Die Weite ist unsere Herberge,
heute hier, übermorgen dort.
Hallo, hallo, woher kommt ihr? Egal.
Wohin geht ihr? Kommt einfach mit!
Zwei einheimische Easy Riders
laden uns auf den Rücksitz.
Die Mopeds nähen durch den
Stoff der Landschaft
wie zwei alte Nähmaschinen.
Rattern, rattern, rattern.
Vergilbte Felder mit mageren Kühen.
Die Konturen sind verschwommen
in der Hitze.
Das Licht ist müde.
Ein Dorf, eine Stille.
In einem schattigen Raum stehen
Webstühle.
Ein schwacher Lichtnebel
strahlt von außen durch die trübe
Fensterscheibe.
Wie am Boden festgenagelt
arbeiten Tibetanerinnen.
Ihre Oberkörper schwingen ohne Musik.
Zwei Frauen auf dem Boden liegend
wie zwei Leinensäcke
leer und vergessen.
Die dritte Frau ist bewusstlos,

wird gerade aus dem Raum geschafft
mit hängenden Zombi-Armen.
Der Webstuhl ist ein eckiges Tier
in der düsteren Schichtarbeit.
Käthe Kollwitz, eine Lithographie.
Eine Frau presst den eigenen Schädel
zusammen, als würde er sonst platzen
vor dem liegenden Kind mit
eingefallenen Wangen.
In einem lichtarmen Raum mit einer Harfe
der Fäden vom Webstuhl.
Hundert Jahre sind keine lange Zeit
in den Augen der Felsen und Steine.
In fünftausend Jahren wird man
nicht mehr sicher sein,
wo zuerst der Weberaufstand
brannte: in Köln oder in Kathmandu.
Eines Tages werden die
Menschen, die schweigend weben,
schreibend mitbestimmen.
Elsa kauft sich ein Kind ohne Fleisch,
nimmt es mit nach Hause.

9 Mit spitzen Ohren

Du bist, du bist, du Biest!
Wärst du ein Tier,
wäre es leichter,
dich zu lieben.
Sei ein Tier, aber nicht zu wild!
Gemeine Wörter halten mich heiter.
Ich spucke Froschworte gegen Chris.
Noch eine Stunde, dann wird der LKW
die Innereien seines Wohnens
auf den Rücken laden und losfahren.
Chris trinkt einen Schluck
in der kahl ausgeschlachteten Küche
und fragt:
Für ein Biest habe ich zu viel
Vernunft. Ein Frosch zu sein
wäre mir lieber.
Sei ein Frosch.
Ist es ein Kommando?
Nein, das ist ein Basho,
der sich nie reimen lässt.
Dichten ist ein Austausch: den Wunsch
gegen Buchstaben, das Altern
gegen den Teich und den Frosch
gegen seinen Sprung.

Am Ende bist du nur noch ein Geräusch
im Gehirn. Es klingt nicht jetzt.
Ein totes Wort Ka-wa-zu.
Tot und quicklebendig im Quaken.
Ka-wa-zu: Nichts anders als drei nasse
Silben.
Dichter sind Mathematiker der Natur.
Fünf Wildenten,
sieben Sommerwolken,
fünf Pflaumen,
sieben Libellen,
sieben Bienen.
Addierend verdichten, das Reale
gibt es schon lange nicht mehr.
Man spricht von der neuen
Trugwelt, aber diese war gewollt
schon im Mittelalter.
Chris trinkt noch einen Schluck.
Sein Hals ist ein Blasebalg.
Das Atmen als Frosch
fühlt sich unerwartet elend an.
Chris bittet mich feucht:
Bitte keinen Frosch machen
aus einem Mann, der so wasserscheu und
betrunken ist.
Was möchtest du stattdessen werden?
Ein Kater,
von Renoirs Pinsel gestreichelt.
Er schlummert an der Brust einer Dame,
weich wie Brotteig sind ihre weißen Arme.

Die Fähren
werden eingestellt
und du kannst nicht mehr
rüber
trotz meines Gesanges:
So, do, mi, so, do, mi!
Chris versucht mitzusingen,
ihm fällt es aber schwer,
die Stimme zu zergliedern,
Sinn und Sünde zu bilden.
Sein Vokabular wird weich geklopft.
Die Begriffe bröckeln.
Ich streichele seine Nase,
die Brücke zwischen zwei Augen.
Wie kann man das Wort „Schnauze"
respektvoll aussprechen?
Deine Schnauze, Eure Exzellenz!
Grüß mich! Küss mich!
Menschliche Lippen sind ein
Fehlprodukt der Natur,
viel zu trocken für Schleimhaut,
viel zu feucht für Außenhaut.
Sie suchen ständig nach ihresgleichen
und paaren sich sentimental.
Ich verschiebe die Oberlippe
des Katers nach oben und sehe,
wie rosa sein Zahnfleisch glänzt.
Es riecht nach Fischerhafen.
Chris putzt sich
kreisförmig mit der Pfote.

Ich soll nicht Pfote sagen, sondern
Hand.
Das Gesicht wird gereinigt
von schlechter Laune.
Ich soll nicht Gesicht
sagen, sondern das Gesehene.
Ich habe gesehen
die netzartigen Sequenzempfänger.
Sie wachsen aus dem Kopf.
Auf ihnen zeichnen rote Adern
Zweige und Äste.
Ein Stammbaum aus Blut.
Ein Kater ist ein Kater, eine Katze ist
eine Katze, drei Kater und drei Katzen
sind sechs Katzen. Sind drei Männer und
drei Frauen sechs Frauen? Antworte
mir! Rede mit mir!
Die Sprache ist unsere Vergangenheit.
Er fegt den lingualen Rest von der
Nasenspitze. Chris, du schnurrst außerhalb
meiner Sprache, es entspannt mich,
es ist spannender, vielleicht eine Panne.
Er schmiegt sich an meine Arme.
Ein namenloses Wesen bin ich für ihn,
jedoch nicht austauschbar.
Dann beginnt die Stunde der Hygiene,
die der Selbstliebe.
Er begehrt den Schmutz im eigenen
Feld.
Die schwarzen Krallen

schmecken nach saurer Erde.
Der Anus riecht nach leckeren Hühnern.
Im süßen Duett mit der eigenen Zunge
leckt er seinen Leib rhythmisch.
Die Augen geschlossen im Genuss.
Die Putzorgie befriedigt ihn durch
Geschmack und Geruch.
Ein Mensch hingegen ist ein
nicht sonderlich schönes Tier
mit ausgeleierten Gliedern und
gerupfter Haut,
die nach Chemie stinkt.
Kein Wunder, wenn der Kater den
haarigen Hintern einer Katze vorzieht.
Heulend renne ich zum größten
Geflügelladen, kaufe die Hühnerherzen
und schneide jedes einzelne Stück
entzwei.
Mundgerecht möchte ich es servieren
im Zweifel, verlassen zu werden.
Schneiden ist eine Knochenarbeit.
Wer hätte gedacht, dass die Herzen
Ohren haben und das Hören steht
im Weg meines Messers. Wenn es so ist: Bitte,
nimm das ganze Herz
ungeteilt!
Schnaufen, schmatzen.
Der Kater speist mit geneigtem Kopf.
Ein Hühnerherz fällt von dem Tellerchen.
Ich strecke meine Hand, um es

zurückzuholen.
Flinke Zähne beißen mich.
Ich will dir doch nichts wegnehmen klingt
sehr nach Menschen und unglaubwürdig.
Blut punktiert hübsch rot
wie bei Yayoi Kusama, die ihr Hirn
umkrempelt. In der Kunst darf man
Nein sagen, Nein zur Therapie, Nein
zum Glück.
Ich lasse mich schreiend fallen
ins Bett und spiele eine Tote.
Der Kater putzt sich in aller Ruhe,
ob ich atemlos oder erstarrt bin,
ist zweitrangig vor der Hygiene
des Narzissmus. Ich bin mit dem halben
Kopf schon eingeschlafen, als der Kater
auf meine Brust steigt.
Für mich ist ein Stillleben auch ein Leben,
für ihn nicht. Eines Tages werden
unsere Wege sich trennen und er
denkt an die Öltanker, die fahrenden
Mördermaschinen und die
Betondeckel, die die kochende Erde
zuschließen. Die Menschen werden
verschwinden, in den Bildern,
gemalt mit dem Licht unbekannter
Herkunft.

Es war der erste warme Tag des Jahres.
Ich ging an jenem gelben Haus vorbei,

vor dem die ersten Narzissen blühten.
Die Selbstliebe hat keine Angst
vor der Rückkehr vom Schnee.
Mitten auf dem Niemandsrasen
stand ein Kleiderschrank.
Warum sieht ein Möbelstück armselig aus,
wenn es unter freiem Himmel steht?
Ein Sekretär,
eine Leselampe ohne Birne und
Pappkartone mit Büchern.
Aus dem Fenster der Parterrewohnung
trat ein Pascha wie aus einer Spieluhr
und redete, den Rauch in der Stimme:
Nehmen Sie alles mit,
was Sie gebrauchen können! Den Rest
kriegt der Entrümpler!
Ist jemand gestorben?
Ja, ein Autor. Er hat über fünfzig Jahre
in seiner Höhle
gelebt und gekritzelt. Ein Verrückter.
Was hat er geschrieben?
Weiß ich nicht.
Wie hieß er?
Seine Antwort war ein Konsonantensalat.
Die Uhr schlug dreimal und die Figur
verschwand im Fenster.
Auf den weichen, feuchten Rasen
setzte ich zögernd einen Fuß nach dem
anderen wie eine vornehme Katze
mit ewig trocknen Pfoten.

Zwischen den Bücherrücken
entdeckte ich Kunstpostkarten.
Tänzerinnen vor dem Auftritt.
Auf der Rückseite schlief
der Name der Malerin:
Jeanne Mammen.
Eine Rothaarige krempelt sich den Rock
hoch und spricht mit dem Straps
ihres seidenen Strumpfes.
Die Schwarzhaarige hinter ihr hebt
einen Arm hoch, es duftet nach
Puder und Parfüm aus dem Bild.
Ich trinke die Haut der Frauen.
Weiß wie Marmor, dennoch flüchtig.
Die Brünette streckt eine Zigarette
aus anstatt ihre freche Zunge.
Ihre Finger spielen Harfe mit
Streichhölzern. Die Lampenfieber
zittern in der Luft, obwohl die Frauen
entspannt sitzen. Schon als Minderjährige
standen sie nackt im grellen Licht
der Scheinwerfer.
Wäre ich ein kranker Ast Buddenbrooks,
wäre ich hier zu Hause,
in der Künstlergarderobe.
Ein Sex ohne Organe,
Leidenschaft ohne Familiennamen.
Zwei Frauen tanzen miteinander
in der zweiten Postkarte.
Elsa im türkisen Kleid,

ich in Granatapfel gekleidet.
Leise Hitze des Kronleuchters,
die schwüle Menge der tanzenden
Paare, Frau mit Frau, Frau mit Mann.
Ich muss malen
ein Ballhaus aus den Zwanzigern.
Ich muss tanzen lernen,
bevor der Zweite Weltkrieg
zum zweiten Mal ausbricht.
Ein Kätzchen piepst.
Unerträglich hoch die Frequenzen.
Ich habe keine Zeit für dich,
ich muss weiter mit Frauen tanzen
auf dem letzten Ball vor dem Krieg.
Lässt du mich sterben
mit flauschigem Fell
so kurz nach der Geburt? Nimm mich
mit! Adoptiere mich!
Leider kann ich nicht, du kleines
Kätzchen, hör zu: Die Adoptionsrechte
sind einer Ehe vorbehalten,
bei der ein Teil als Mann
und der andere als Frau registriert sind.
Dann heirate mich!
Aus dem Kätzchen wird ein Kater,
durch seine Schnauze lächelt Chris.
Der Schreck öffnet meine Augen und
ich liege im Bett, neben mir Elsa mit einem
Kätzchen in den Armen.
Eine dunkelrote Insel auf dem Bettlaken.

Du hast einen Kater geboren,
das ist unser Kind,
sagt sie.

Aus dem Frühstücksei wird niemand
geboren. Der Postbote bringt kein
Brot. Elsa gibt mir eine Postkarte,
frisch im Kasten angekommen.
Adam und Eva schwarzweiß.
Der Kupferstich vom Meister der
Melancholie und des Nashorns.
Schau genauer hin! An den Füßen von
Mann und Frau liegt ein Kater.
Wie eine Fußnote.
Kurz vor der Vertreibung aus dem
Paradies in der Hektik des Umzugs
achtet niemand aufs Tier.
Was ist damit?
Eva hat das Tier geboren.
In der Briefmarke schwimmt ein
Schwan, der Stempel sagt
Schwanenberg.
Chris ist abgefahren,
ohne mir einen Abgesang
vorzusingen.

10 Mexikanische Pillen

Ein Windzug spitzt die Flamme an,
wie ich meinen Bleistift.
Der Ruß schmiert unsere Namen
auf die Tafel der Träume neben dem Bett.
Der metallene Arm vom Flensburger klirrt.
Im Kerzenlicht liest Elsa einen Brief.
Das tibetanische Kind wartet brav.
Wer ist es, der dir schreibt?
Mein X,
antwortet Elsa.
Du hast einen X?
Ja, einen Muskelmexikaner in weißem
Hemd, geschäftlich unterwegs in Holstein,
lernte eine junge Frau aus Hamburg kennen,
lud sie nach Hause ein,
wo Kakteen wuchsen.
Komm mich besuchen! Meine Tür
steht dir immer offen!
Sein Hut war ein großes Dach, er konnte
eine Herde Gäste unterbringen.
Elsa hatte leichte Füße.
Gedacht, gebucht und schon geflogen.
Staubige Landstraßen,
ein klappriger Bus.
Einsteigen, bitte!

Eisenstein, bitte!
Viva, Mexiko!
Eine lange Wäscheleine,
länger als der Horizont,
gespannt zwischen zwei Stachelbäumen.
Waren die flatternden Stoffe
in der windstillen Hitze
Windeln für die Bettnässer
oder Fetzen der Revolution?
Willkommen! Das ist meine Mama und
das ist meine Tante und
Schwester, Großmutter, Großtante,
Nichte und Kusine. Männer arbeiten
auf dem Feld. Wenn sie zurückkommen,
essen wir gemeinsam
den gemahlenen Mais.
Nach dem Essen zog sich der Hausherr
in eine Kuschelecke mit Elsa zurück.
Unter dem Poncho duftete es nach
verbrannten Gräsern unbekannter Art.
Je intimer die beiden sich verkrochen,
desto weniger Platz gab es für Elsa.
Fräulein, pro Nase ein Haus ist
eindeutig zu viel. Heirate mich
nächste Woche, du bekommst
nicht nur mein Herz, sondern gleich eine
große Familie geschenkt. Wir werden eine
Nase miteinander teilen. Pro Nase ein
Leben ist eindeutig zu viel.
Elsa zuckte zusammen.

Ich habe keine Zeit, dich zu heiraten.
Wie bitte?
Ich muss morgen nach LaGuardia fliegen.
Warum denn das? Willst du lieber
in New York leben, allein in einem
Wolkenkratzer mit einem Roboterhund
und Plastikessen?
Meine Familie ist mein Rucksack,
meine letzte Hängematte ist mein Sarg.
Der Mann lachte väterlich.
Heirate mich! Im Alter möchte man nicht
viel. Umringt von Enkelkindern
würde dir nichts fehlen. Sie werden
deine Augen haben, auch wenn du
selber keine mehr hast.
Elsa zündete ihre Zigarette an.
Zwischen ihr und ihrem Verehrer
blieben nur noch Interpunktionen
der fernen Sterne.
In der Morgenstunde mit nüchternem
Gesicht kam ein Hubschrauber, wie
gerufen von krähenden Hähnen.
Elsa stieg ein, die ganze Familie stand
vor dem Haus, die Mutter weinte, dabei
wuchs ihr Körper, der Mann stand in der
letzten Reihe wortlos.
Die Propeller brummten in ihren Ohren,
die Plantage unter ihr wurde immer
kleiner und die Kakteen, die keine
Tränen kannten, waren nur noch

Punkte auf einer Landkarte.
Elsa sah ihn nie wieder, nahm aber weiter
Pillen. Auf dem silbernen Teller aus
Aluminium sind die Kügelchen
geordnet
schneckenförmig.
Warum nimmst du Pillen?
Das ist nur eine Gewohnheit,
antwortet Elsa und ich kann nicht
weiter fragen, will nicht wissen, was ich
schon weiß.
Eines Morgens, als ich allein
den Balkon betrete und den
Aschenbecher im Morgenlicht finde,
bis zum Rande voll mit Regenwasser,
fällt mir plötzlich eine Antwort ein:
Wegen mir nimmt sie die Pillen.
Ich bin eine Frau und es gibt Frauen,
die von mir schwanger werden.

11 Hinter-Europa

Ein Stück Land,
Depot genannt.
Hinter dem Hauptbahnhof Europa
befindet sich meine letzte Plaza.
Zwischen den verrosteten Schienen
schlafen die Eisenhäuser mit Rädern.
Aus dem Verkehr gezogen und
sicher gestellt im Niemandsland.
Hier ist mein Reich.
Neben dem Rangierstellwerk
begieße ich blaues Unkraut
mit meinem Körpersaft.
Beim Wasserlassen gelassen bleiben.
Pippi Langstrumpf.
Ein Mädchen kämpft für die
Freude der Harnröhre.
Die Kniesoldaten in der Abwehrfront.
Betreten untersagt: ein Schutzgebiet
für die minderjährige Natur.
Im Neonlicht der Abendsonne
leuchten die Logos seltsam fremd:
Siemens, Miele und Hieronymus Bosch.
Ich male
einen angebrannten
Frosch mit Affenkopf,
kombiniere einen Rattenschwanz

mit Wunder ohne Wirtschaft.
Ich flehe den Meister Hieronymus an.
Malen Sie mir bitte blaue Flügel!
Mein Pinsel ist zu wütend,
um eine Andeutung hautdünn
in die Luft zu setzen.
Hier ein Libellen-Engel, dort ein
Ameisenlöwe. Ein Fest der
Mischwesen im Lexikon der Luft.
Ein launischer Wind blättert in meinem
Skizzenbuch und nimmt es mit.
Papyrus, Papillon.
Der Schmetterling aus Papier
fliegt auf, ich hinterher
mit gestreckten Armen.
Ein Marienkäfer landet auf dem Rücken
meiner Hand. Seine Maske
macht aus dem Rücken
ein Gesicht der Groteske.
Was führt dich hierher: Ein Maskenball?
Ein Ahnenkult? Wo anders wirst du sicher
Terrorist genannt.
Brombeeren explodieren
unangekündigt und unzeitgemäß.
Ein krummer Springschwanz fragt mich:
Ist mein Penis zu schnell für dich?
Du mit deinem Witznamen,
sage ich ihn kumpelhaft neckend, aber
er duldet keinen Witz. Dieses Insekt,
stolz und flügellos. Irgendwo hat er recht,

wenn er sagt, ich könne
ohne Öl nicht fliegen, müsse ins ölige
Gebiet betteln gehen, meinen demokratischen
Wachstumshintern verkaufen und
mit dem Bodenschätzchen schlafen, ich
habe verlernt, auf dem Wind zu reiten!
Während er mich beschimpft, wird er
unaufmerksam, wird er angegriffen und
aufgefressen von seinem Erzfeind
Pseudoskorpion:
Auch ein Witzname.
An Sommertagen muss man
mit dem Gewitter rechnen.
Die Donnerkatze schnurrt
und es blitzt über dem Kopf, weil es
Wackelkontakt gibt
mit den Göttern.
Die großen Trauben des Regens
fallen in den weit geöffneten Mund, sie
schmecken süßsauer und nahrhaft.
Der Eisenbahnwaggon steht vor mir,
verlassen, vergessen, nicht abgeschlossen.
Das ist meine Unterkunft, hier könnte
ich mich verstecken, bis
der Sonnenexpress einfährt.
Doch hatte das Haus schon einen Mieter:
Einen Schläfer. Rhinoceros,
aufgewacht aus dem Jahr 1515.
Das Bild hängt doch bei Chris, eine Meister-
fälschung von Aljoscha, der Dürer auswendig

kennt wie das Wenden eigener Hände.
Das Tier mit dem Dickschädel ist mehrmals
ausgestorben und lebt weiter.
Sein Horn sagt nein,
sein Blick ist traurig fixiert.
Der gepanzerte Rumpf
hat massiv zugenommen
in der übererernährten Stadt
mit Geh-wald in der Nicht-Gehen-Zone.
Ohne die Rüstung würde er
platzen.
Die Körpermasse schützt ihn
vor denjenigen,
die sich für klug und schön halten
und ihn mit Ratschlägen schlagen.
Hallo, Rhino, was machst du hier?
Ich übe Modell zu stehen,
wie meine Vorfahren für die
Buren.
Die Dürren?
Nein, die Buren. Ich arbeite für sie als Modell,
kein hoch angesehener Beruf.
Ist es dein Job oder wirklich ein Beruf?
Mein Beruf ist die Freiheit oder ihr
Kämpfer. Der apathische Hasskrieg
ist nun vorbei und ich habe eine Mandel-
entzündung. Und du? Was machst du
hier?
Ich übe meine Abwesenheit.
Gehst du nicht zum Sommerfest

da drüben im feinen Stadtteil?
Auf einer Party fühle ich mich wie ein
vorgetäuschter Pinselstrich.
Bist du politisch akkusativ?
Nein, eher dativ. Am liebsten bin ich
hier. Ein trostloser Platz
beruhigt meine Nerven.
Mit wem bist du gekommen?
Ich bin allein auf meiner
Bildfläche. Meinen Philosophen
habe ich in die Wüste geschickt. Es war
ein Fehler, aber ich brauche meine Feder.
Mich stört jemand, der neben mir
denkt und redet.
Warum?
Ein Wettkampf wirft mich aus meiner
Mitte. Sie soll in Ruhe wachsen.
Was soll wachsen?
Meine Zeichnungen.
Was zeichnest du?
Etwas Flüchtiges.
Etwa Flüchtlinge? Ein Nashorn wie ich
kann kaum gemeint sein. Ich bin gewichtig
und standhaft.
Warum bist du gepanzert?
Mein Stolz ist verletzbar und meine
Würde ist stets bedroht. Ich habe blutige
Erfahrungen in Afrika und im Rest der
Welt geleckt. Ich muss mich
schützen vor den Menschen, die mit

Händen und Füßen Wirbel machen. Wozu
das ganze Affentheater!
Das Wort Affe sollte man nicht benutzen,
wenn man den Menschen meint. Die
Affen hören das nicht gern.
Wollen wir uns nicht lieber siezen?
Geht leider nicht. Siezen kommt nicht
nach dem Duzen. Lege deinen
Panzer ab, dann fühlst du dich wie ein
Du!
Die Freikörperkultur der Demokratie,
ich weiß es zu schätzen, aber mein
Panzer ist mein letztes Haus.
Du hast doch noch ein Haus, ein größeres.
Wo?
Hinter deiner Stirn mitten im
Sprachzentrum.
Die Sprache ist noch nie meine Stärke
gewesen. Mein Meister William Kentridge
schreibt wie ein Maler und zeichnet wie ein
Dichter. Ich hingegen bin nur ein Modell
und wenn ich das Papier verlasse, ist die
Außenwelt so scharf an jeder Kante,
dass ich blutbeschmiert zurückkehren
muss. Ich trinke lieber
Wolken, am liebsten solche, die
elektrisiert sind durch das
Gewitter. Verstehst du mich?
Verstehen ist ein krummes Stehen. Ich
lege mich lieber hin.

Und nichts tun?
Doch, ich male, bin frisch
aufgenommen worden als Studentin.
Ach was, die Kunst kannst du nicht
studieren, du willst bloß etwas
Zeit gewinnen,
sagt das schlaue Nashorn und schnarrt
mit der kurzen Zunge.

Zu Hause finde ich Elsa
in der Hängematte träumen
mit einem flachen Mann,
Mekong-Whisky.
Ein Spiel mit dem blauen Haken
im Kopf und der Sonne im Plakat.
Die sperrigen Palmblätter,
ihr Rauschen im Ohr.
Die tropische Kulisse zieht sich langsam
zurück und die Elbe streckt uns einfühlsam
ihre Hand zu. Das Wort Urlaub
lügt. Adam mit einem Laub am Leib
erholt sich nicht im Paradies, wo er
täglich seine Zeit bezahlt, bis er zurück-
geholt wird zu einem Alltag als
Arbeitsbiene.
Gott absorbierte keine Kunsthochschule.
Seine Meisterwerke sind Touristen und
Terroristen.
Elsa liegt nackt ohne Angst in ihrer
Hängematte. Giftschlangen kriechen nur

am Arbeitsplatz. Hier bist du
sicher in deinem Schaukeltraum.
Heute hat die Kollegin Rieke
Elsa zugeflüstert:
die Chefin machte eine Andeutung, du wärst
ein Taugenichts, ich fand das frech, habe ihr
das ins Gesicht gesagt, wir halten zusammen.
Ein Faustschlag als Freundschaft verkauft.
Elsa soll sich nicht zu oft wegträumen, ab und zu
ein Messerstich schadet nicht, es würde ihr
helfen, die Verträumte muss doch zurück
zur Realität, denkt Rieke.
Immer gut gemeint, immer gemein.
Elsa, ein Stofftier im Dienst.
Zuckerwatte als Füllung.
In Nepal habe ich ...
Kaum fängt Elsa an zu erzählen,
wendet Rieke ihr den Rücken zu.
Die Kollegin Beeke fragt hämisch:
Warum wanderst du nicht aus
für immer, wenn es dir woanders
besser gefällt als bei uns?
Elsa erzählt unbekümmert weiter.
In Nepal habe ich ein kleines tibetanisches
Dorf besucht, dort gab es ...
Warum fährst du ständig weg?
Beeke unterbricht spöttisch. Im Hintergrund
gluckert die Kaffeemaschine.
Ein Folterkaffee aus Kolumbien:
die einzige Übersee, die Beeke kennt.

Elsa fragt verwundert:
Du fährst doch auch in Urlaub.
Ja, aber doch nicht zu den
Exoten. Ich war in Andalusien,
habe dort einen Verehrer:
Don Giovanni nennen sie ihn
in seinem Dorf. Mein Besuch
ist für ihn der Höhepunkt
der Touristen-Saison. Ungezwungen
und nachhaltig ist unsere Liaison. Er
ist mittellos, aber ein
Europäer. Versuch du doch
auch innerhalb Europas
eine Königin zu werden!
Kollegin Rieke trinkt den Kaffee mit,
den schwarzen Beweis ihrer
Weisheit und sagt:
Und ich fahre nach Italien, zu meinem
Casanova. Elsa, wie kannst du dorthin
fliegen, wo es keine richtigen Männer gibt?
Wie meinst du?
Die Kollegin Wenke mit Unterlagen unter den
Achseln mischt sich ein:
Elsa, wie kannst du zu den Menschen
fliegen, die keine Demokratie kennen?
Rieke stimmt zu mit Kaffee-Atem:
Ja, genau, außerdem schneiden sie
dem Kalb den Kopf ab und essen das
Gehirn! Wie hieß es? Ich glaube,
Bregen.

Wenke zuckt zusammen,
wird rot und protestiert.
Bregen ist eine Spezialität aus meiner
Heimat.
Heimat? Hast du Heimat gesagt?
Das ist jetzt doch egal.
Nichts ist egal!
Die drei Figuren aus der Posse
treten streitend ab.
Das Stofftier Elsa bleibt zurück
mit einem Herzen,
das tief in der Füllung leise schlägt.
Die Watte saugt das Blut auf
und die Knopfaugen verraten keine
Tränen.

Elsa, ich habe einen
Studienplatz bekommen.
Was hast du?
Die Kunsthochschule hat mich
genommen, ich kann studieren.
Wie?
Die Landung meiner Worte dauert lange.
Auf dem Flughafen in ihrem Kopf sind
alle Lichter gelöscht.
Ein geschickter Pilot jedoch,
der den Vietnam-Krieg überlebte,
könnte dort landen,
wo ein Mädchen mit einer Kerze
im Dunklen steht.

12 Wer mich gebar

In der Dämmerung vor dem Kühlschrank
einsam gebeugter Rücken ihrer Mutter.
Seit Jahren nach einem hitzigen Zank
hat Elsa sie gesehen nie und nimmer.
Benebelt steht die Alte in der Küche
barfüßig, leicht verletzbar.
Stört dich, dass ich dich besuche?
Nein, du bist die Frau, die mich gebar.
Hast du die Margarine von der guten
Marke Blaupunkt?
Mutter, der Krieg ist vorbei, weit weg.
Ich bin mit deinem Vater noch im Kontakt.
Mutter, für einen Soldat ist der Tod
ein Privileg.
In der düsteren Küche im Halbkeller
leuchtet das Mädchengesicht mit
tiefen Falten.
Gegen das Finale des Lebens schlägt
das Herz immer heller.
Verblasst sind schmerzhafte Szenen.
Im größten Kochtopf jammert
die Unterwäsche.
Der Urin stinkt nach unbekanntem
Urinstinkt.

Mutter, lass das sein, ich wasche
mit dem Bosch, der vernünftig durchdreht.
Lauf nicht weg wie ein Kind
aus der knochenweißen Duschkabine!
Wo sind sie geblieben, deine Vernunft,
dein Preußen, deine Seife?
Trink nicht das Bier aus der Flasche!
Iss den Quark, den ich mit Leinöl verfeinere!
Der Dinkel, den Elsa ihr kochte,
wurde endlich weich mit süßer Träne.
Wärst du ein Kind, beschmiert mit Quark,
würde ich lachen und dich liebkosen.
Eine schmutzige Mutter ist mir aber arg.
Warum bist du alt und andersartig geworden?
Alte Frauen wollen im Tageslicht onanieren.
Seidenweich sind ihre geheimen Lippen.
Die Hose des Briefträgers wollen sie
berühren,
wollen heimlich an der Jugend nippen.
Elsa bringt die Mutter zum Meer
ins Heim an der tropischen Nordsee
ein Experiment, gemalt von Emil Nolde.
Dort lebt die Mutter mehr, schläft mehr.
Ein rotes Haus mit Personal.
Drei Mal am Tag gemeinsame Mahlzeiten.
Die Mutter verliebt sich in einen Mann,
tätig war er lange im Hotel Continental.
Die letzten Jahre sind die besten,
sagt Elsa mit schlechtem Gewissen.
Hattest du geahnt, dass deine Eltern

eines Tages deine Kinder werden?
Elsas Augen schwimmen in Flüssigem,
als die Mutter die Fotos zerreißt
von ihr und ihren Geschwistern.
Ich will kein Bild mehr, es ist Schluss.
Meinst du, es würde mich ablenken,
wenn ich einen Jungen hätte?
Er würde mich beschäftigen
mit seinen Mumps und Masern,
mit Drogen und der Braut-Nutte.
Stürben die Mutter und der Vater nie,
müssten wir keine Kinder gebären.
Wir sind keine Recyclingwaren.
Bleib stehen, dein Zuhause ist Heute.

13 Nicht-Mehr

Elsa hat ihre Mutter nicht gesehen,
als Noch-nicht-Mutter und erst zwanzig.
An einem Tanzabend wurde sie
betäubt vom männlichen Duft im
Raum. Sie tanzte mit einem Mann,
maßgeschneidert und grau war sein
Anzug. Sie tanzten dezent, tranken mäßig,
wurden doch betrunken. In ihrem Schädel
stand schon ein dickes Ehebett,
oben ein Dach, unten der solide Boden
eines Familienhauses.
Die Mutter gab dem Embryo Kalzium,
die eigenen Zähne fielen aus.
Sie sah schon eine Schultüte und fragte
den Mann, ob er …
Er sagte, ja, ich will, ich will
ein Familienauto fahren.
Wochenlang war die Frau nicht sie selbst.
Aus ihrem Nicht-Mehr
wurde Elsa geboren.
Sie räumte für den Säugling den Weg frei
von ihrem Magen zu den Zitzen
und die Milch floss auch im tiefen Schlaf.
Elsa sog, sah aber nicht, wie die

Mutter lebte. Es kam viel später.
Die Mutter nagte an den Ellbogen
ihres Mannes. In ihrem Weinglas sah sie ein
rotes Meer, ihre Wut schaukelte sich
immer höher, schwappte rüber,
während ihr Mann immer erdiger
schwieg.
Die Schülerin Elsa sperrte sich in ihr
Zimmer ein, wo eine E-Gitarre heulte und
der Bass donnerte. Der Rock, der Stein.
Durch die steinerne Mauer hörte sie,
wie die Mutter den Vater piekste, kniff
und mit ihren Krallen kratzte bis er
platzte. Die Frau lachte wie ein Echo
im Tal. Lieber ein Streit als die Mauer
des Schweigens, dachte sie,
aber ihr Mann dachte in der dritten
Person: Was will sie? Ich habe ihr doch
schon alles gegeben. Das Haus steht,
die Kinder abbezahlt, der Toaster
repariert. Will sie etwa einen Stein
als edle Überraschung?
Nein, was sie wollte, waren Adjektive, die
lobenden. Sie will Verben, die liebenden.
Sag doch was! Ich habe alles aufgegeben,
mein Klavierspiel, mein Büro, meine Stadt.
Nachts träumte die Schülerin Elsa von
zwei Hunden. Sie sind zusammen
eingesperrt in einem Käfig,
bellen sich an, heulen, keuchen, beißen,

und bluten aus. Elsa zieht die beiden
Tiere auseinander. Hört auf! Hört auf!
Die Schülerin Elsa fragte die Mutter im
Tagebuch: Warum stichst du deinen Mann
so lange, bis er zu einem Kupferstich
wird? Was willst du von ihm haben?
Warum fährst du nicht zum Flughafen?
Du kannst doch überallhin fliegen,
jedes Museum in der Welt besuchen.
Lieber werde ich auf die Weihnachtsfeier
verzichten und in einem Sumpfgebiet
Frösche beobachten. Lieber werde ich
in einem Tempel sitzen und in einen Gebets-
gesang eintauchen als ein Klagelied singen,
wo nur ein einziger Mann im Publikum sitzt.
Lieber lieber lieber: die Wendung der
Alternativlosen.
Unzufriedenheit ist auch ein Gefühl,
sie füllt die Lebzeit und wenn sie zu Ende
geht,
Elsa, wo bleibst du? Willst du nicht
mit mir Abendbrot essen?
Abendrot? Abendnot?
Die Knoten der Nöte
unlösbar verhärtet
nach einem heftigen Regen.
Wer kann das Wort Trauer
auseinander nehmen:
Tra, Tran, Trans, Auer!
In der endlosen Schleife der Musik

atmet Elsa synchron mit
John Ward. Seine Musik hat kein Gelenk.
Kann sie dennoch gelenkig sein? Kann sie
ihre Glieder knicken und anpassen, kann sie
zum Broterwerb zurückkehren
oder wenigstens zum Abendbrot?
Krank geschrieben und gekränkt.
Ist ja gut, ist ja gut. Ein Balsam.
Die Musik schaukelt das Wasser,
damit es nicht steht und trüb wird.
In der Pendelbewegung wird die Mitte
gesucht.
Was sich in der Höhe irrt, wird runtergeholt.
Was im Keller verfault, wird geholt und
getrocknet.
Es taut von den Dächern,
ein Vertrauen im warmen Tropfen,
raus
aus dem Loch eines Winterschlafes.
Es wird, es ward, John Ward.
Kommt mit mir zum Tisch! Der Engelsgesang
gibt dir Weisheit, aber kein Eiweiß.
Elsa hebt die Nadel hoch und die Platte
dreht sich weiter einsam und
tonlos. Elsa drückt die traute Scheibe
gegen die Brust. Mit Schokolade geschmiert,
nicht eine Scheibe Brot, sondern eine LP,
eine aussterbende Spezies.
Elsa, das Nashorn, kann die
Anlage nicht verlassen,

sie war ihre Jugendkammer, in der sie
aufwuchs, in der sie sich schützte
vor den Eltern, einem harmlosen Paar,
durchschnittlich nah an der Trenn-
linie, sie haben
normativ gestritten wie in
jedem anderen Familienhaus, dennoch
unerträglich. In Elsas Händen schlüpft die
alte Platte in die Hülle und eine andere
rutscht raus mit tieferen Rillen.
Dunstable, auch ein John.
Elsa, wann hörst du endlich auf
mit diesem Ritual,
das kein einziger Gott kennt?
Der Wein im Opferkrug,
der Weihrauch der Zigarette.
Die Engelsstimmen
sind aufdringlich elegant.
Sie wickeln die dicke Luft in Seidentücher.
Bei Elsa wird es immer leichter
im Schädel.
Elsa, es ist vorbei, es ist abgesungen,
es ist durch, zu Ende gedreht. Morgen
werde ich dir einen CD-Player schenken.
Warum? Habe keinen Geburtstag.
Lieber ein Geschenk an traurigen Tagen
als an einem feierlichen Tag, wo es
Freude im Überschuss gibt. Keine Angst,
ich nehme dir nichts Altes weg. Mittelalter
bleibt Mittelalter, sei es als Kassette,

LP oder als
C von Christ,
D von Dämon.
Eine CD, eine Zeder,
in einem Zedernwald klingt der Gesang
einer Mutter weniger.
Eine Mutter? Zwei Mütter? Seit wann
zählst du die Mütter?
Es wird eine neue Zeit kommen: Die eine
Mutter wird es nicht mehr geben
und das Baby wird weder rosa noch blau
zur Welt kommen. Der Vater wird die erste
Geige spielen, eine Barockgeige in einer
Rockband. Er wird einen Rock tragen,
kinderlos bleiben
und mit kalten Geldscheinen
Kriege spielen. Auf der Marxstraße,
auf der Porschestraße werden seine
Kollegen das Millennium feiern und
wir werden noch da sein, nicht als
Frau, nicht als Mensch, ausgestattet mit
vielen Rechten, die gold strahlen.
Verdoppele dich vorher, verdreifache
dein Leben! Du hast so viele
Sopranistinnen in dir, aber keine Diva.
Es wird dir leichter fallen, an einem
erstickenden Montag zur Arbeit zu gehen.
Der Bus wartet auf dich um sechs Uhr sechs,
so viel sechs in den Zahlen. Lass dich
nicht verwirren. Bleib anders als die

anderen. Dein Bauch knurrt anders
als der der anderen, dein Brot
schmeckt anders als gestern.
Lass dir nicht vorschreiben, wie
rund dein Teller werden soll.
Elsa hört mir nicht zu, geht zurück
zu ihrer Maschine des Mittelalters.
Sie legt einen leeren Teller auf die Anlage
und die Nadel eiert auf Mayonnaise.
Schon wieder Engelsstimmen,
eine unessbare Heiligkeit.
Anders arrangiert als bis jetzt,
anders aufeinander gelegt
und verschoben von den Fingerspitzen
des Komponisten Power,
Leonel Power.
Auch ein alter, auch ein mittel-alter
Stein, der Schicht für Schicht gelagert.
Aber es wird hell und die Lichtquelle liegt
weder in Gott noch im Öl, es ist
die Materie Musik.
Das Nashorn hebt seine schwere
Schnauze, um nach den Schwingungen
zu schnuppern.
Die Augen erreichen eine Augenhöhe,
sie bleiben dort, bis sie sehen können
einen blauen Vogel. Es waren bloß Spuren
des Pinsels, aber jetzt hat er einen
Anschluss. Das Nashorn schreitet aus,
aus dem Kupferstich.

14 Der Frohsinn

Ich erwarte einen Besuch aus Ulaanbaatar,
da steht aber eine Saarländerin auf der
Matte: Johanna.
Fünfundzwanzig Jahre alt,
mit einem Lächeln,
das mich entwaffnet
wie ein Säugling.
Ich, Idiot, hab vergessen,
Milch zu kaufen!,
rufe ich.
Elsa runzelt die Stirn.
Das Wort Idiot
nimmst du heute nicht in den Mund.
Warum? Der Idiot, Fürst Myschkin,
rufe ich unverbesserlich, denn
der einzige gute Mensch in meiner
Jugend war der Idiot in einem Roman,
weder ein Doktor noch ein Präsident.
Du kennst doch den Fach-Idioten-Begriff
Mongoloide Idiotie. Der gewisse Mediziner
liebte Genauigkeit bei der
Vernichtung. Die Verwaltung
ersetzt jeden Monat einen Begriff
durch einen anderen, ist stolz auf ihre
Leistung. Heute sagt man Down ...

Daune? Johanna ist keine leichte Daune,
sondern eine hitzige, sprunghafte Kugel.
Sie rollt ins Haus und zieht mich hoch,
nicht down.
Meine Stimmung und Elsas Stimme
sind höher als sonst.
Komm nach oben in die gute Stube!
Müde Stute?
Johanna wiederholt und lacht sich rot.
Die Leiter nach oben ist eng und steil.
Johanna schleppt sich,
ihr Keuchen hört sich an wie ein weiteres
Lachen.
Ihr Panzer wackelt auf dem Rücken,
ein gelber Rücksack.
Elsa hat den Tisch gedeckt.
Das gebügelte Tischtuch
mit Blumen bedruckt.
Wir mögen kein weißes Tuch.
Möchtest du Sahnetorte?
Ja, danke!
Möchtest du einen Tee oder einen Kaffee?
Einen Kaffee.
Schwarz?
Mit Milch.
Ohne Zucker?
Mit Zucker.
Johannas Sätze bestehen immer
aus zwei Wörtern,
aus jeder Gehirnhälfte ein Wort.

Elsa geht das Holztablett holen,
das Herzstück aus Kathmandu.
Aus der Küche schreit Elsa:
Ich habe mich gefunden.
Milch muss sie gesagt haben.
Johannas Blick verweilt
auf meinem Gesicht.
Er bohrt nicht,
prüft nicht,
bewertet nicht.
Sie fragt nicht,
wie hübsch,
wie schlank,
wie jung,
wie kariert,
wie punktiert,
wie gestreift,
wie liiert.
Nur die Anwesenheit zählt,
dass sie hier ist, dass ich hier bin,
dass Elsa bald kommt.
Ich mag keine Verb-zweitstellung.
Warum stelle ich trotzdem
jedes Tun an die zweite Stelle?
Wegen der Integration.
Angepasst im Mund,
denn es wird stets darauf geachtet,
ob ich ausrutsche.
Norm, Nord, No!
Ich habe mich angepasst, Elsa weniger

und Johanna?
Ich darf ein Mensch sein,
das heißt
ganz anders als jeder andere Mensch.
Was du zu Hause machst?
Ich tanze.
Zu Hause machst du was?
Ich singe.
Du zu Hause machst was?
Ich esse.
Hause zu machst was du?
Ich schlafe.
Elsa kommt zurück aus der Küche
mit einem bunten Opfertier.
Geschlachtet, sagt man,
trotz der Fleischlosigkeit
der Torte.
Der Tote?
Elsa schneidet hinein
ins Fleisch der neuen Familie.
Was süß schmeckt,
lässt sich bitter schneiden.
Einen Frühling kannst du nicht erben,
jeder muss ihn für sich neu ausmalen.
Gemahlt gekauft gilt nicht die Bohne.
Nachmittagskaffee mit
Erbbar-
torte.
Wir sind zu keinem Erbe gezwungen,
wir sind heute hier freiwillig Kinder.

Elsa schneidet ein Stück ab.
Ein Löffel für John,
eine Gabel für Johanna.
Kaffeetrinken: ein grausames Wort,
wenn eng zusammen geschrieben.
Elsas Augen werden düster,
die alten Zeiten holen sie ein.
Der Geist des Bruders sitzt neben ihr
und wartet auf seinen Anteil. Er kann nicht
länger warten, steht auf und beißt in die
sahnigen
Brüste der Mutter. Die ältere Schwester
wischt Babys Mund mit der Serviette ab,
immer und immer wieder,
bis er blutet.
Ihr Mann flüchtet in seine Oase,
die Rechnung für die Gasheizung.
Er schweigt aggressiv.
Das Kaffeestündchen beginnt,
Elsa kämpft gegen die Geister der
Familie mit Messer
und Kuchengabel in der Hand.
Wer hat die Sahne für die Kinder
geschlagen?
Wer hat die Kinder
zur Sahne geschlagen?
Die Sonne tritt ab,
das Monster wächst hinter dem Horizont.
Ich kann Elsa nicht helfen,
taste die Johanna in mir ab,

eine Quelle mit fließenden Konturen.
Johanna, ich kannte dich schon
im Sandkasten, obwohl es nicht sein
kann. Ich habe dich nie vergessen, auch
wenn ich nie von dir sprach. Johanna,
wo bist du geboren?
In Aachen.
Weißt du, was der Diminutiv ist?
Nein, nicht.
Wenn man jemanden klein schlägt
aus Liebe.
Wie denn?
Zum Beispiel Mädchen.
Ach, ja.
Oder Schätzchen. Es ist unverschämt, uns
klein zu schlagen, oder?
Und Aachen?
Das stimmt! Wir sagen nicht mehr Aachen, sondern
Aa!
Unser A rüttelt an Elsa, sie wacht auf und fängt an,
wie besessen den Kuchen zu schneiden.
Willst du noch ein ... Hier
nimmt doch ... Schau, das ist ...
Die Geste der Kuchengabeln,
die Pulverzucker der Angebote.
Johanna hört den Takt
in der Geste,
im Schmatzen der Zunge und das Herz, es
schlägt unbeirrt weiter. Johannas Haare werden
in die Höhe gezogen. In der Luft

hängend wackelt sie mit den Hüften,
sie lässt die Satzglieder baumeln.
Elsa lacht, der Staudamm bricht.
Johanna tanzt Salsa
auf saarländisch!
Was einzig ruhig bleibt
ist der magische Abstand
zwischen ihren Augen.

Impressum

2. Auflage 2019. Die erste Auflage enthielt zwei zusätzliche Seiten, bedruckt mit Zitaten aus dem Text in Blindenschrift.

PF 1621, D – 72006 Tübingen
Telefon: 0049 (0) 7071 66551
Mobil: 0049 (0) 172 7233958
E-Mail: office@konkursbuch.de
www.konkursbuch.de / Facebook: konkursbuch.verlag
Gestaltung: Verlag & Freundinnen.
Transparente Bilder aus Hamburg u.a. Details, Fotos Verlag.
Gemälde von Suzanne Valadon.

ISBN: 978-3-88769-555-2
ISBN E-Book: 978-3-88769-556-9